新潮文庫

# 半生の記

松本清張著

新潮社版

1909

# 目次

# 半生の記

# 父の故郷

昭和三十六年の秋、文芸春秋社の講演旅行で山陰に行った。米子《よなご》に泊った朝、私は早く起きて車を傭《やと》い、父の故郷に向った。これについて、以前に書いた一文がある。

――中国山脈の脊梁《せきりょう》に近い麓《ふもと》まで悪路を車で二時間以上もかかった。途中、溝口《みぞぐち》などという地名を見ると、小さいときに聞いた父の話を思い出し、初めて見るような気がしなかった。

私が生山《しょうやま》の町を初めて訪れたのは、終戦後間もなくだった。今は相当な町になっている。近くにジュラルミンの礦石《こうせき》が出るということで、その辺の景気が俄《にわ》かによくなったということだった。

矢戸《やど》村というのは、今では日南《にちなん》町と名前が変っている。山に杉の木が多い。町の中心は戸数二十戸あまりの細長い家並だが、郵便局もあるし、養老院もある。小雨の中を私の到着を待って、二十人あまりの人が立っていた。これがみな父の母方の係累《けいるい》にあたる田中家の人々だった。しかし私の見たこともない親戚《しんせき》筋の人たちばかりだった。父の従兄《いとこ》の家（田中家）に寄ると、山菜と赤飯で私の到着を祝ってくれた。父の従兄というのは、すでに八十九歳で、顔もどこか父に似ている。集った二十数人の「親戚」の人に挨拶《あいさつ》され、紹介されたが、どの人がどういう筋合になっているのか一どきには理解できなかった。親切な人たちは私に近親感をもってくれ、父の生家や、父方の祖父母の墓に案内してくれた。柿の実のなった梢《こずえ》の下の径《みち》を歩いた。

父の生れた農家は、今は全く縁故のない人が住んでいるが、玄関は牛小屋の代りになっている。父は郷里《くに》を出てから、一度もこの家を見ていないのである。

村の中を日野川が流れているが、父の想《おも》い出話の中には、必ずこの川の名が出てくる。父の従兄は耳が遠く、全く話ができなかったが、以前に大病を患《わずら》ったとき、家族がその録音をとったといってそのテープを聞かせてくれた。その中に、幼いときその人が父と遊んだ話など出ている。

父は生れるとすぐ事情があって、他家へ養子にやられた。父の実母は妊娠したまま一時、離縁になったのである。父が養子にやられたのは、そのためだろうが、そのへんのくわしい事情は分らない。何か暗い気持がする。「峯太郎《みねたろう》は、小学校のころにはよく遊びに来よったが、それから、いつの間にか来んようになった」とテープの声は語っていた。そのころから父は故郷と絶縁したとみえる。私は親戚の者から記念に何か書けといわれて、次の文句をしたためた。

「父は他国に出て、一生故郷に帰ることはなかった。私は父の眼になってこの村を見て帰りたい」

私は村の写真を写した。親戚は本家分家と入りまじっていて、誰が誰やら私には判別がつかないが、みんな村では相当な暮しをしている。父ひとりが生れながらに不幸であった。――

父は峯太郎といった。生れるとすぐに米子の松本米吉、カネ夫婦のところに養子にやられた。当時、この夫婦はどういう職業に携っていたか分らないが、あとで考え合わせると、餅屋《もちや》をやったこともあるようである。財産も土地も持たない貧乏所帯であった。田中家と松本家との関係は今となっては分らない。松本夫婦に子供がなかったことだけはたしかだ。

米子と日野郡矢戸村とは四十キロばかり離れている。現在のように伯備線《はくび》は通じていなかったから、両家がどういう因縁で交際をしていたかは分らない。

峯太郎の母親は、同郡霞《かすみ》というところにある福田家から来ていた。ここで長男峯太郎を産んだのだが、いかなる理由からか、母親は田中家から一時離縁されている。そして峯太郎を松本家に養子に出したあと復縁し、つづいて二人の男子を産んでいる。この分らない理由に想像をつければいろいろと考えられるところだ。

米子に貰《もら》われて行った峯太郎が、子供のころ、矢戸の実家にたびたび帰っていたことは、前記の峯太郎の従兄に当る田中老人の言葉の通りである。「小学校のころにはよく遊びに来よったが、それからいつの間にか来んようになった」のである。なぜ、来なくなったか。それは田中家のほうで峯太郎を忌避したのか、あるいは子供心にも峯太郎が暗い出生の事情を察して足を踏み入れなくなったのか、その辺のところも分らない。

田中家は次男を失い、三男が育った。この三男は嘉《か》三郎といい、のち故郷を出て教員になった。

だが、父にはこの二人の弟と遊んだ記憶があるらしい。だから、それは小学校のころに遊びに来ていた時代と思われるが、二人の弟といっしょに峯太郎が寝ているのを、横に寝ている母親がうれしそうに見ていたと私に話していた。

峯太郎と嘉三郎とはのちに広島で再会したが、このときは、嘉三郎は広島の高等師範学校を卒業し、たまたま広島に居る峯太郎を訪ねたのだった。つづいて大分の中学校に赴任し、そこで妻《めと》を娶ったらしいが、それ以後は峯太郎とは全く会っていない。嘉三郎はのち教員生活をやめて東京に住み、今の学習研究社や旺文社《おうぶんしゃ》のような、受験雑誌の出版会社に入った。そこで辞書その他の編集の才能を買われ、重役になって死んだが、その遺族は現在杉並にいる。

私の小説に「父系の指」というのがある。私小説らしいといえば、これが一ばんそれに近いが、私の父と田中家との関係をほとんど事実のままにこれに書いておいた。

峯太郎は、小学校を卒業するとすぐ役場の給仕に雇われていたらしい。そのころから、当時の習慣《ならわし》で漢文など勉強していたようだが、その給仕も間もなく辞めて郷里を出奔した。この辺からの話は、私が幼いときから父の手枕《てまくら》で寝物語に聞いたものに多い。もっとも、どういう事情から彼が松本家を家出したか、それは義理の両親との間に了解があってのことかどうかは私は聞いていない。

一体、矢戸村というのは、前の引用にも書いた通り、中国山脈の脊梁の北の麓である。いま、岡山方面から伯備線に乗って米子に向うと、備中神代《びっちゅうこうじろ》という駅がある。その駅を過ぎると、すぐにトンネルに入るが、その上が鳥取県と岡山県の県境に当り、同時に分水嶺《ぶんすいれい》でもある。トンネルを抜けると、伯耆《ほうき》の国になり、生山駅につく。

傍らは「豪渓」という名の付いた「日野川」上流の渓谷となっている。雪舟が近くの寺に住んでいたという伝説がある。

家出した峯太郎は、その日野川に沿って米子から歩き、いま日野町となっている根雨《ねう》から作州津山に出た。十七、八のころらしい。この路は出雲《いずも》街道といわれ、同じく県境に四十曲の峠がある。

この四十曲から勝山、津山の路《みち》はぜひ私も歩いてみたいと思っているが、先年、講演旅行のときに泊った皆生《かいけ》温泉の宿に、横山大観の絵の消息文が額に収められてあった。その絵を見ると、大観が人力車に乗り、突兀《とっこつ》とした山路を走っている図になっている。明治四十二、三年のことらしい。

さて、峯太郎の出奔は、生涯ふたたび郷里に足を入れることのない、最後になった。津山から大阪に歩いて行ったが、そこで何をしていたか私には分らない。次の父の話は、彼は突然明治二十七年の日清《にっしん》戦争のときに広島県の警察部長の家で書生となっている。

その辺を想像すると、どうやら、峯太郎は法律を勉強して弁護士の書生になり、ゆくゆくは弁護士の資格試験でも取るつもりだったらしい。このことは、私がかなり大きくなってまでも父が法律のことをよく口にしていたのでも分る。

或《あ》るとき、何のごたごたか知れないが、人が来て玄関先で父と争っていた。そのとき、父は何か法律上の条文を持ち出したらしい。今でも、その九州の家のうす暗い玄関で、父が端然と坐《すわ》って応対している姿を思いだす。相手は、なに、法律だって？法律を持ち出されてはお仕舞いですな、そんなら、わたしのほうもそのつもりで出直しましょう、と啖呵《たんか》を切って壊れかかった格子戸《こうしど》を手荒く閉めて行ったことを憶《おぼ》えている。

しかし、その法律勉強も警察部長の転任で挫折《ざせつ》し、あとは広島衛戍《えいじゅ》病院の看護雑役夫の生活になっている。

「寝台に横たわった病人や怪我人《けがにん》が、夜中に水をくれ水をくれと言うて、ちょっとも寝かさなんだのには往生した」

と父は言っていた。

それから先はどういう生活になっていたかよく分らない。しかし、相変らず底辺で蠢《うごめ》いていたことはたしかなようだ。そのころであろう、峯太郎は、広島県賀茂《かも》郡志和村出身の岡田タニと結婚している。

私は父の故郷を二度訪れているが、まだ母の故郷には行ったことがない。この志和村というのは、山陽線で通ると、昔の機関車なら瀬野と八本松の間で二台連結するほどに急な勾配《こうばい》となっている。志和は、その瀬野駅で降りてもいいし、八本松駅で降りてもいい。山陽線のこの辺を通るたびに、私は窓に寄って母の故郷を望見する思いになる。

岡田タニの実家は農家で、姉弟五人であった。タニは長姉で、村を出てから広島で紡績女工をしていたらしい。目に一丁字《いっていじ》がなかった。

「こまい（小さい）とき学校の先生に怒られてのう、それでとうとう学校には行かずじまいじゃった。あとで先生がえろう迎えに来んさったが、あのとき学校に行っちょれば、少しは字が読めたにのう。うちら新聞が読めんけんなんにも楽しみがない」

とよく言っていた。

広島から峯太郎とタニとが九州小倉に移った事情はよく分らない。当時の九州は戦争後の余波で、まだ炭鉱の景気がよかったのではないかと思う。しかし、小倉には炭鉱がなく、もともと父は労働が嫌《きら》いなほうだった。それで、炭鉱景気で繁昌《はんじょう》している北九州の噂《うわさ》を聞いて、ふらふらと関門海峡を渡ったのではないかと想像する。明治四十二年十二月二十一日に私が生れている。

相変らず両親の貧乏生活はつづく。もっとも、子供は私一人でなく、私が生れる前に姉が二人いた。これは嬰児《えいじ》のときに死亡し、結局、私だけが育ったというわけだ。

「これを見い。おまえが赤ん坊のときに、これを着せて育てたんどな」

母は古い葛籠《つづら》をあけてボロ布片《きれ》で綴《つづ》り合せた嬰児の襦袢《じゆばん》を出してみせることが多かった。それは子供が育たないので、この子だけはということから市内を巡礼してほうぼうの家の寄進で集めたボロ布片を襦袢に縫い合せたのだという。

次の私の記憶は、小倉から下関に移る。

今は下関から長府《ちようふ》に至る間は電車が通じているが、当時は海岸沿いに細い街道があるだけだった。現在、火ノ山という山にケーブルカーがついて展望台が出来ているが、その場所が旧壇《だん》ノ浦《うら》といって平家滅亡の旧蹟地《きゆうせきち》になっている。そこに一群《ひとむれ》の家が四、五軒街道に並んで建っていた。裏はすぐ海になっているので、家の裏の半分は石垣からはみ出て海に打った杭《くい》の上に載っていた。私の家は下関から長府に向って街道から二軒目の二階家だった。

どういうわけか分らないが、このころ、米子に居たはずの松本米吉とカネとが呼ばれて、この家に同居している。そこで街道の通行人を相手に商いをしたのが餅屋であった。

父はそのころどのような職業に携っていたかよく分らない。もともと労働が嫌いで、後年、私の記憶のはっきりするころには米相場や無尽会社みたいなことをやっていたから、楽をして儲《もう》けようという気持があったらしい。

私にとって義理の祖父に当る米吉には記憶がない。遠い、おぼろな思い出の中には、二階の一間に蒲団《ふとん》が敷かれ、影のような人間が並んでいたことを憶えているが、それが祖父の臨終だったのかもしれない。

「おまえはじいさんとは言えないで、イーヤンと呼んでいた。死ぬ前のじいさんはおまえを見て、いくらイーヤン、イーヤンと言うても、もう返事ができんわい、と言うていた」

と母から聞かされたことがある。

家の裏に出ると、渦潮の巻く瀬戸を船が上下した。対岸の目と鼻の先には和布刈《めかり》神社があった。山を背に鬱蒼《うっそう》とした森に囲まれ、中から神社の甍《いらか》などが夕陽に光ったりした。夜になると、門司《もじ》の灯が小さな珠をつないだように燦《きら》めく。

母の妹がいて、その亭主が鯨のボテ振りをしながらこの辺まで来て、よく店先で休んだ。手首に桃の刺青《いれずみ》があった。酒をよく呑《の》む男であった。

ついでに言うと、母のたった一人の弟は九州で炭坑夫となり、すぐ下の妹がこの魚の行商の女房であり、その下が山口県三田尻《みたじり》というところで陸軍特務曹長の女房だった。その次の妹はそのころ行方《ゆくえ》不明になっている。

この妹というのが、一日、私を乳母車に乗せて街に出たが、私を放ってふいと姿が見えなくなったそうである。後年、この妹がいい年齢《とし》になって姉たちと再会したが、そのときの心理を訊《き》かれて、

「姉《あね》さんがあんまり口やかましいから」

と言ったそうである。実際、母親は口やかましい人だった。それに絶えず心配性だったのは、父があまりに呑気《のんき》にして家の手伝いには見向きもしなかったからであろう。

私の幼時の両親への記憶は、ほとんど夫婦喧嘩《げんか》で占められている。

## 白い絵本

父の峯太郎は八十九で死んだ。母のタニは七十六で死んだ。私は一人息子として生れ、この両親に自分の生涯の大半を束縛された。

もし、私に兄弟があったら私はもっと自由にできたであろう。家が貧乏でなかったら、自分の好きな道を歩けたろう。そうすると、この「自叙伝」めいたものはもっと面白くなったに違いない。しかし、少年時代には親の溺愛《できあい》から、十六歳頃からは家計の補助に、三十歳近くからは家庭と両親の世話で身動きできなかった。——私に面白い青春があるわけではなかった。濁った暗い半生であった。

両親は絶えず夫婦喧嘩をした。それは死ぬまで変りはなかった。別れることもできず、最後まで暮していて、母が先に死ぬまで互いに憎しみを持ちつづけていた。母が息を引きとるとき、狭い家の中にいるのに父はその傍《そば》にも寄りつけなかった。母は、父といっしょになったのは業《ごう》だといっていた。私もそう思っている。こんな不幸な夫婦はなかった。

父は、母を常識のない女だと罵《ののし》っていた。それはその通りである。母は一字も読めなかった。父は、それからくらべると新聞をよく読んでいて世間一般の常識は心得ていた。

父は政治記事に多く興味をもっていた。広島県の警察部長の書生のようなことをしていたころ、法律のことをかじっていた名残りかもしれない。そして当然なことに、その政治関心は基本的なものではなく、政治家の動静のようなものに一種の憧憬《どうけい》をもって注がれていた。また、ふしぎに歴史に詳しかった。これも講談本から仕入れた知識とはいえ、いま聞いても決しておかしくはない。

冬の夜、足を炬燵《こたつ》に突込んで父の手枕《てまくら》で聞く太閤記《たいこうき》などがどれくらい面白かったか分らない。今おぼえているのは賤《しず》ヶ岳《たけ》の合戦のくだりだ。

「大徳寺で焼香争いが起ったとき、秀吉が三法師君を抱いてしずしずと現れた。この人こそ信長の孫でほんまの相続人ちゅうての、柴田勝家を尻目《しりめ》にかけて仏壇の前にすんだのじゃ。勝家がおこってつかみかかろうとすると、寺の襖《ふすま》がパッと開いた。勝家がみると、寺をとりまいた山という山、野という野には秀吉方の軍勢がいっぱいになって、旗をなびかせ、ホラ貝を吹いていた。さすがの勝家もこのありさまを見て腰をぬかし……」

と聞くと、幼い私の眼には、大徳寺をとり巻く山のかたちが、毎日見なれている火ノ山になり、そこにひしめいている甲冑《かっちゅう》に陽《ひ》がキラキラと光って映るのだった。

「……佐久間玄蕃《げんば》は賤ヶ岳の中川清兵衛と高山右近の砦《とりで》を二つ破ったから大威張り、慢心してそこに腰をすえた。うしろから柴田勝家が早よう戻れちゅうても言うことを聞かんのじゃ。岐阜ちゅうところを攻めちょる秀吉は、まだ、二、三日はかかると思うちょったのじゃのう。一方、秀吉のほうは柴田を賤ヶ岳に誘いよせたのは計略じゃったから、家来から勝家がまだそこにいるちゅうことを聞いて喜んでのう、すぐに家来に言いつけて、岐阜から大垣、賤ヶ岳の近くまでの道には、え（家）といううえには馬のカイバと水を出させ、握り飯をたかせ、かがり火を燃やさせた。秀吉はまっさきに馬にのってかけ出した。夜になっても、かがり火のために道は明るいし、腹が減れば握り飯は食べられるし、馬には水やカイバをやれるから秀吉の軍勢は少しもへコたれん。急げ、急げとばかりその夜のうちに賤ヶ岳のふもとについた。……この火を見た佐久間玄蕃は、はじめは秀吉の軍勢ちゅうことはほんまにせんじゃったが、そのうち秀吉の軍勢が仰山になると、そのタイマツの火でまるで山の下のほうがクヮジみたいになった」

私の眼には風の鳴る暗い山々に点々とした篝火《かがりび》が実際に見えるようであった。そして一度だけ遠くから見た山火事の記憶をそれに結びつけて空想したものだった。

父の言葉は、伯耆訛《ほうきなまり》と広島訛がごっちゃになっていた。家をエと言い火を kwa と発音した。古代に近い発音だそうである。

母との夫婦喧嘩がなければ、これはまことに愉《たの》しい記憶であった。こんな講談を半分くらい理解できるようになったのは、小学校三年生ぐらいのときだが、そのときは下関から長府に至る街道からは移っていた。

そのころの父は肥えはじめていた。ある日のこと、ナグレ者（浮浪者）が来て店の餅《もち》を夕ダ喰《ぐ》いして逃げた。父が追って殴《なぐ》っていたのを見たことがあるが、父を強いと思うと同時に若い男に同情した。夕暮だったので余計にそう思ったのかもしれない。二十二、三のころ、腹を減らして金もなく道を歩いていると、このときの情景がよく浮んだものだ。

そのとき住んでいた旧壇ノ浦の家は、六、七軒あったが、うどん屋が一軒、人力車の溜《たま》り場が一軒のほかは、船大工、漁師といった商売だった。そこから長府までは約六キロの道程《みちのり》で、近くの祭礼といえば、赤間《あかま》宮《ぐう》の先帝祭と、長府の乃木《のぎ》神社の祭りであった。

先帝祭の記憶はあまりない。花魁《おいらん》の道中がおぼろに印象に残っている程度だが、乃木神社の祭りはかなり強い記憶になっている。乃木大将の勲章を着けた軍服が子供心に珍しかった。

一度、近所の人力車に乗せられて乃木神社に父といっしょに行ったことがある。煎《せん》餅《べい》か何か買ってもらったが、それが私の幼時の最大の贅沢《ぜいたく》であった。

餅の話になるが、そのころは祖母が餅の造り方を両親に教えていたようである。今でも憶《おぼ》えているのは、普通の糯米《もちごめ》で造ったのと、色の黒い餅とがあった。これは唐芋《からいも》の粉で出来たのだが、ひどくまずいものだった。

「これをマムナイ（うまくない）と言う人もあるけど、人の好き好きじゃけんのう」

と、祖母が店先に腰かけている客に言った言葉が残っている。

暗い奥の部屋から表の店を見ると、光線の加減で腰かけている客の姿がみんな黒い影になっていた。客といえば、ほとんど長府から下関に歩いて商売に行く人ばかりで、この辺がちょうど休み場になっていた。すぐ裏はカケダシ（海に突き出た台の意）なので、暴風の晩などは船が支柱に当ってそのカケダシを壊すことがある。そこはほとんど炊事場になっているので、物凄《ものすご》い音を立てて雑多なものが海に落ちた。

母が「アレノウ、アレノウ」と叫んでいる声が風に混って聞えたものである。潮流が激しいため漁船の難破も多かった。

ときたま下関の安物の芝居につれて行かれたが、旧壇ノ浦にかかると、一キロばかり何も無いところになっている。その端に白い燈台《とうだい》があったが、そこが一つの道程《みちのり》の切れ目みたいになっていた。

ある冬の晩、寝ていると、急に母に揺り起された。家中は大騒動している。母は私を背負い、二階から海側の屋根に出て隣の屋根伝いに逃げた。すぐ前の火ノ山が山崩れして家の表まで破壊したからだ。しかし、そのとき物音は一つもしなかった。山崩れはあまり音を立てないものだと初めて知ったのはそのときである。

一時、別な場所に移ったのだが、それがどういう家であったか、よく憶えていない。いま壇ノ浦付近を通ってみても、もちろん、私の居た家や近所は一切無くなり、記憶の拠《よ》りどころも消えている。新しく移った近所には若い女が居て「カチューシャ」の唄《うた》をよく歌っていた。その少女の歌う咽喉《のど》を見上げると真白であった。

もう一つ年代の手がかりになるのは、まだ山崩れの起らない前、明日は偉い陸軍大将がここをお通りになるので出迎えに行こう、と父が言った。朝早く起されて、家から五百メートルばかりの海際《うみぎわ》の崖縁《がけぶち》に立っていると、下関から来たらしい在郷軍人のような連中が旗を立てて待っていた。

私は、陸軍大将というので、さぞかし乃木大将のような勲章を着けた人が来るのかと思っていると、馬に乗った年寄が十人ばかりの供を連れて長府のほうから現れただけだった。その大将は私たちの前を通り、整列した在郷軍人の前で馬を停め、何やらぼそぼそと話していた。私が何か言おうとすると、父は「静かに、静かに」とたしなめた。「静かに」といわれて、私は自分がおとなびたように感じられた。老軍人の訓示はずいぶん長いように思われたが、それが済むとまた馬の一行がぽつぽつと下関のほうに去った。これが福島安正大将であった。後年、福島中佐のシベリア単騎旅行を読むと、いつも、このぼそぼそとした老人と、父の「静かに」という声とが蘇《よみがえ》ってくる。

こういう思い出はまだまだ仕合せな部分である。

父と母との争いは絶えなかった。そのころ父の生活が少しよくなっていた。法律の知識が少しあるので裁判所によく出入りをした。示談屋みたいなことをやっていたのではなかろうか。とにかく、朝早く母の手伝いで餅を搗《つ》くと、ぞろりとした絹物に着《き》更《か》え、柾目《まさめ》の下駄をはき、裁判所に出かけた。無尽のようなこともはじめていた。

父は体格がいいのに肉体労働を嫌い、そういう仕事ばかりやっていた。まだ米穀取引所があったころで、空米《くうまい》相場もしていた。そのせいか、天気をみることは巧《うま》かった。夕方、家の外に立って雲の色を眺め、明日は雨だとか、日和《ひより》だとか言っていたが、それが奇妙によく当った。米相場は天候に大きく支配される。

そのころ私は眼をわずらい、失明寸前になった。このとき母が一生懸命になって、医者にはかけずに専《もっぱ》ら弘法大師《こうぼうだいし》に頼った。なんでも、坂道を上って石段の高いところにあるお堂の中につれ込まれたように憶えている。線香の匂《にお》いと、蠟燭《ろうそく》の灯とが記憶に鮮かだから、あるいは眼が実際に見えなかったのかもしれない。坊さんが経典を扇のように翳《かざ》す、その風の音も耳に聞いている。

そんなときだったが、父には女が出来ていて、始終、そこに通っていた。それは遊《ゆう》廓《かく》の女だったらしく、母は私を背負って遊廓を尋ね歩いた。町の中にガラスの工場があり、職人が長い鉄棒の先にほおずきのような赤いガラス玉を吹いていた風景は忘れられない。そこが家から遊廓に行く途中のちょうどまん中なので、母は重い私を下ろし、ひと息つくのが常だった。母は私を背負って宵の遊廓を一軒ずつのぞいて歩いたそうである。

父は母に怒ると、その朝出来上った餅を全部ゴミ溜《ため》に棄《す》てたりした。

祖母は母を手伝って餅を造っていた。

「のう、お夕ニさん、今日は彼岸の中日じゃけに喧嘩《けんか》をせんようにしんさいや」

とよく言った。

「え（家）の中が揉《も》めるとええことはないけにのう。えの内は仲ようせんと栄えることはないけに」

額の広い、おとなしい老婆《ろうば》だった。

父の道楽で家の中が苦しくなった。祖母は他家の女中となって出て行った。六十くらいだった。私も、祖母の奉公先に遊びに行ったことがある。静かで大きな家だった。その家には中年のきれいな女がひとりいた。妾宅《しょうたく》だったかもしれない。

相場で失敗した父は、その祖母のもとに金を借りに行くようになった。

「おとっつぁんは、えに戻ってくるかや？」

と祖母は私に訊《き》いた。小学校二年生ぐらいのときだった。

父は長い間、家に寄りつきもしなかった。私は父が女のもとにずっといるとばかり思っていた。

ある日、校門を出ると、父が電信柱のかげにぼんやりと立っている。きたない身なりをしていた。遊びにこい、というから、久しぶりに会った父に何となく恥ずかしい思いでついて行くと、そこが木賃宿であった。

# 臭《にお》う町

近ごろ都会の果物屋に棗《なつめ》の実があまり見られなくなった。栽培技術の進歩によって贅沢《ぜいたく》な味になった高級果物のなかでは、棗などは見向きもされなくなったのであろう。だが、私は、あの鶏の卵のような斑《ふ》のある、いくらか蒼味《あおみ》のかかった果実が好きである。ばさばさした舌ざわりの中から滲《にじ》み出る甘酸《あまず》っぱい液汁が好ましい。

私は小学校の裏門から父に呼ばれて、その木賃宿に行く途中、通りがかりの八百屋で、棗の実を買ってもらった。木賃宿では、殺風景な広い座敷に、宿泊人がごろごろしていた。夫婦づれの者もいた。父の場所は、その奥まった二畳ぐらいのひろさで、そこであぐらをかいて新聞紙をひろげ、買ってきた棗の実を私に食わせた。思いのほか量が多かったので、私は腹一ぱい食べた。

「どうじゃ、おかあはどうしているかい？」

父は私に訊《き》いた。父はその頃からよく肥えていて、全盛の頃には絹物ずくめで恰服《かっぷく》があったが、それが今ではしおたれた着物で、大きな身体《からだ》だけにあわれであった。だが父は、にここにこして同宿者に私のことを話していた。

小倉に移るまで、父はそんな生活を送っていた。空米《くうまい》相場で失敗し、仲買店からも締め出された父は、同じそういう落伍者《らくごしゃ》ばかりで、その日の相場の数字を賭《かけ》に取引所のまえで乞食博奕《こじきばくち》のようなことをやっていたのだった。

父に家を出られたあと、母と私とは隣の蒲鉾屋《かまぼこや》に一時厄介になった。そこでは母は女中代りのようなことをして働いていたが、私はその家の息子たちから白い眼をむけられた。その一家は自分たちで食い散らした魚の骨をもう一度ゴッタに煮て吸物にし、母と私にのませた。母はかげで涙を流した。

父がようやく家に戻り、小倉に移ることに話が決った。小倉の古船場という町に風《ふ》呂屋《ろや》があって、その風呂焚《た》きをしている奥田という知合いの老人を頼ったのである。この夫婦はひどく善人で、亀井《かめい》という雇主からも信用されていた。住居は風呂の裏手にある六畳二間《ま》ぐらいの家で、多分、風呂屋の主にタダで住まわせてもらったのだろうが、その一間を私たち親子三人が間借りすることになった。

私は、小学校を変り、天神島小学校の五年生だった。

父はいろいろと仕事を探していたが、すでに四十を越しているような身には思うような職業もなかった。近くに兵庫屋という百貨店まがいの店があって、そこの下足番に雇われたりなどしていた。百貨店といっても、その頃は客が下駄を脱いで畳のある売場に上ったものだった。

その風呂屋のある市場に近い旦過橋《たんがばし》という橋を渡ると、角に古本屋があった。私は狭い間借りでは息が詰りそうなので、この古本屋によく行って立ち読みしたものだった。その店の前には小さな電車が香春口《かわらくち》というところまで走っていた。香春口からは鉄道馬車が北方という町まで往復していた。その香春口の電車の終点近くに木造建の古い教会があった。

のちになっての知識だが、鷗外《おうがい》がフランス語を習いに行っていたのがこの教会だった。鷗外の「小倉日記」には、そこの神父だったフランス人ベルトランとの交遊が書かれている。

その年の暮から、父は橋の上に立って塩鮭《しおざけ》の立ち売りをしはじめた。それは市場から帰る客を目当てにしたものだが、市場のものよりはいくらか安かったとみえ、予想外の商売になったらしい。

このことから、ようやく奥田家の間借りから解放され、私たちは中島という市外地のみすぼらしい借家に移った。この家は、路地の奥に包まれた板囲いのバラックだった。それも半分は家主の老婆《ろうば》が住んでいて、間の仕切も板で区切られていた。近所は貧しい人ばかりが住んで、ごみごみとしたところだが、その路地の裏は、日中でもあまり陽が射《さ》さなかった。

しかし、やっと一軒の家らしいものに入ったので両親も気分的には明るくなっていた。屋根がトタン板なので、夏は家の中が蒸し殺されるくらい暑く、冬は寒かった。梅雨になると、畳の上にナメクジが何匹も出てきた。

父はやはり鮭を橋の上で売っていたが、その家でも売るつもりになってか、ある日、半紙に「鮭売ります」と書いて表に貼《は》り出したりした。しかし、鮭の商売も長つづきはせず、次には縁日の露天商となった。

交際といえば、前に間借りをした奥田家だけだったが、その風呂屋の持主に息子がいて、よく「亀井の坊っちゃん」という話を聞かされた。私よりは一つ年上で、学校はいつも首席だった。小学校を卒業すると小倉中学に入り、それからどこかの高等学校に移り、東大に入った。「亀井の坊っちゃん」はのちに労働省の事務次官になった。

父はある程度の常識もあって、運がよかったら、あるいはかなりの地位まで行けた人ではないかと思う。父と仲の悪かった母もそれだけは認めて、

「あんたは耳がこまいけのう、生れたときから運が悪いんどな」

と言っていた。

この言葉には、父が生れてすぐ貧乏な他家に養子にやられた運命も入っている。父の生家の田中家では、次の男の子が死に、三男の嘉三郎というのが跡を取り、前にもふれたように高等師範に入り、当時は東京の参考書を出版する会社に入っていた。父との文通はあまりなかったようである。

その頃の父は、母を連れ出して縁日の露店をしていたが、父と母とは別々の商売だった。

母のほうは小さな屋台車をごろごろと押して家を出る。父は大八車をひっぱってゆく。どちらもガラクタ荷を積んでいた。父の商売は、夏だと冷やしラムネのようなものが多かった。母は七輪でスルメを焼いたり、茹卵《ゆでたまご》や、今川焼を売った。煙草《たばこ》が好きで、煙管《きせる》を口から放したことがなかった。売れない商売物を前にして、彼女は通行人を眺め、浮かない顔で煙管を口にくわえていた。父はテキヤ仲間に入った気分で、そういう連中の符牒《ふちよう》を使って何かと話をしていた。

父は、どんなつまらない商売でもすぐに玄人《くろうと》気分になれ、それを人に自慢するところがあった。いろいろと商売を替えたが、みんな同じ傾向を持っている。私は父が深刻に悲しんでいる姿を見たことがない。いくらか困っていたのは借金とりにねばられているときだけだった。

母はいつも何かと苦にしなければ承知できない性格《たち》だった。その頃、父はもうまじめになっていた。もっとも、貧乏してそこまで落ちてしまえば、どんな女からも相手にされないわけだ。母の弟が下関からよくやって来ては、

「義兄《あに》さんもまるで人が変ったようじゃのう」

と賞《ほ》めていた。母は、父との喧嘩《けんか》の尻《しり》をいつもこの弟のところに持って行っていた。弟は元鉄道に働いていたが、その頃は市役所の吏員となって地道な生活をしていた。父は、この義弟の小心翼々なやり方を軽蔑《けいべつ》していたが、義弟のほうはまた義兄のだらしなさと、のんきさを嗤《わら》っていた。

私は、下関時代の父の女がどういう人間か知らなかった。とにかく、母の背中に負われて花街をさまよったのだから、遊廓《ゆうかく》の女であった。ところが、父が母に話す偶然の言葉から、その女がユキという名前であるのを知った。その話が出たのは、ユキという女が偶然小倉のある町の箪笥屋《たんすや》の女房になって来ていたからである。父は母にそれを話すくらいだから、馴染女《なじみおんな》を見てももう何の未練も起らなかったのだろう。その箪笥屋のあるところはわりと人通りの多い町にあったので、父も通りがかりに彼女を見たのかもしれない。

とにかく、それだけでも父があまりものを苦にしなかった男だったことがわかる。普通なら、かなり裕福そうな家に納まった昔の女のまえに、自分のみすぼらしい姿をかくすのが本当だろう。私は、父はあるいはその簞笥屋の店先で店番をしているユキと話ぐらいは交したかもしれないと思っている。人のいい人間だった。

私の記憶には、まだ父が絹ずくめのぞろりとした着物で相場師仲間とつき合っていた頃のものがある。父に連れられてそんな仲間の家を歩いたが、そういう連中の一人に盲目の相場師があった。彼は私より三つぐらい上の男の子に手をひかせて取引所のあたりをうろうろしていた。裏町のどぶ川にかかった小さな木橋がいくつもあった。その橋を渡った路地の突き当りの黒い板塀《いたべい》の家に「相場師」の群が集っていた。仲買店にも出入りできない乞食相場師の屑《くず》ばかりだった。その中に坐《すわ》っている父の大きな身体が忘れられない。

小倉の中島にあるバラックの家の前には、白い灰汁《あく》の流れる小川があった。近くの製紙会社から出る廃液の臭気が低地に漂っていた。しかし、住んでみると、その悪臭を嗅《か》がないと自分の家でないような気がした。学校がひけて、その灰汁の臭う橋まで帰ると、私ははじめてわが家に戻ったような気安さを覚えた。

家主はすでに六十を越した老婆だったが、私より一つ下の女の子と二人暮しで、たいそうつつましい生活をしていた。女の子は孫だが、父親は遠いところに働きに行っていると言っていた。近所の噂《うわさ》では、長い間監獄に入っているということだった。それでも老婆は、息子が戻りさえすれば暮しが楽になるとたよりにしていた。

女の子は朝早く起きて炊事をし、それから学校に出て行く。

「お婆《ばあ》ちゃん、今日はウチ弁当はいらんけん」

という声がすると、老婆は機嫌のいい声で、おう、そうかい、とこたえていた。孫娘は老婆に気に入るよう昼飯抜きのことが多かった。

隣には肺病やみの中年女がいた。私の家には便所がなく、近所の二、三軒と使う共同便所が外にあった。亭主が病みほうけた女房を背負って便所に通う。そのあとでは、その辺が血だらけになっていた。

祖母がようやく引き取られてきた。父と母とが高市《たかいち》を追ってかなり遠くまで行くので、炊事の手が必要だったのである。暗いうちから起きた両親は、大八車と荷車を転がし、夜中に帰ってくる。どの辺まで行くのかその遠さに見当もつかなかった。高市というのは、田舎《いなか》の祭りや行事などを目当てに、簡単な見世物小屋だとか、軽業《かるわざ》小屋のようなものが立つことで、そうした小屋を中心に綿菓子や、飴《あめ》、ラムネ、茹卵といった小さな露店がならぶ。そういうのを目当てだから、毎日となると、相当遠くまで追わなければならない。

やれやれ、今日はバカをみた、と母がボヤいて帰ることもあった。たとえば、村の地蔵祭りだというので行ってみると、森の中に小さな祠《ほこら》があって、集って来るのは子供ばかり十四、五人しかいなかったということも珍しくなかった。

その後、父は小倉練兵場脇《わき》の路傍に巴焼《ともえやき》の店を出した。

ここでも彼はその楽天性を発揮して、通りがかりの客とよく「政治談」をやっていた。父は感心に新聞だけは毎日取っていて、その知識を自慢そうに吹聴《ふいちょう》するのだった。しかし、どちらかというと、現在の時局よりも若い頃の思い出の方が多かった。夏の炎天でも、雪の降る冬の日でも、路傍の松の木の下にメリケン粉の袋の布で天幕を張った父は、二年間ぐらい今川焼やラムネを売っていた。

そういう父のおかげで、私にはいくらか常識のようなものが植えつけられた。新聞や雑誌からの雑駁《ざつぱく》なものだったが、それでも私は同級生よりはそんなものを余計に知っている気持になった。

小学校六年になると、友だちは中学の受験準備をはじめた。その頃、父は東京の田中嘉三郎といくらか文通をはじめていたらしい。嘉三郎は手紙で、自分の息子は今度中学を受験するが、そちらはどうするのか、ときいてきた。父は、上の学校にやらせたいが、学資金がないので、少し金を貸してもらえないだろうかと申し込んだようである。それきり文通は絶えた。

私が高等小学二年生のときにようやく父にも芽が吹いて、前に住んでいた亀井風呂の近くの紺屋町というところに、小さな飲食店を出すようになった。だいぶん借金してやったらしかった。その頃が母にとって「全盛」であった。商売柄、女中を三人ぐらい使っていた時期もある。母は長火鉢の前に坐って、その頃のことで青い根掛《ねがけ》の丸髷《まるまげ》を結っていた。母は、この丸髷以外にあまり結ったことがない。例の露店でスルメを焼いたり、茹卵を売ったりしているときでも丸髷に手拭《てぬぐ》いのあねさんかぶりだった。

しかし、飲食店のときの丸髷は、形も結い方も違っていた。前の場合は自分で無造作に結っていたが、そんな水商売をはじめてからはいちいち髪結床に行っていた。だが、父の例のずぼらから、この店の景気も次第にさびれるようになった。

私は中学校に行くのを諦《あきら》めていた。その頃、新聞に早稲田《わせだ》大学の中学講義録という広告が載っていて、父はそれを取り寄せてくれた。だが、このように僅《わず》かな出費もそれほど長つづきしなかった。商売がいよいよいけなくなったからである。

# 途上

私が父に伴《つ》れられて小倉の職業紹介所（職安の前身）の窓口に行ったのは、高等小学校を卒業した年で、大正十二年であった。

その頃の世間は不景気の最中だった。紹介所の窓口の係員は私の痩《や》せた蒼《あお》い身体《からだ》つきを見て、会社の給仕の口が一つある、そこに行ってみてはどうか、と言って紹介状を書いてくれた。それが大阪に本社を持つ川北電気株式会社というのだった。その出張所は花街の近くにあった。軒の低い、うす暗い家だった。以前は料理屋だったのを、そのまま内部だけ事務所向けに改造したので、どんな天気のいいときでも、室内には朝から電燈《でんとう》を点《つ》けていなければならなかった。

私は初め新聞社のようなところに入りたかった。その頃、記者になるのが私の儚《はかな》い夢だったのだ。これは一つには父親の影響かもしれない。父はしじゅう新聞で仕込んだ知識で政界の話ばかりを他人《ひと》に吹聴していたから、なんとなく新聞記者がやり甲斐《がい》のある職業のように思えた。父の尊敬していたのは原敬だが、この原も、犬養《いぬかい》木堂も、元は新聞記者出身だったことも子供心に新聞社を尊敬させた。

この給仕時代、ボーナスを貰《もら》って、親に渡したあとの小遣《こづかい》のいくらかを割いて、当時の金で二円くらいの手土産《てみやげ》を持ち、山口県豊浦村という下関の近くにある中山神社の宮司を訪ねたことがある。

中山神社というのは、大和《やまと》十津川《とつがわ》の旗上げで有名な公卿《くげ》中山忠光《ただみつ》を祀《まつ》った宮で、忠光は毛利藩に匿《かく》まわれたとき、この地で暗殺された。私は宮司に会い、持って来た土産を出し、忠光の話を聞きたいといって、手帳を出して構えた。このとき確か十七、八歳だったと思うが、さすがに本当の新聞記者とは言えず、ある同人雑誌の取材で来たと言い、忠光をテーマにしたいから話してくれと申し込んだのである。宮司は、豪勢な（と私には思われた）手土産の手前でもないだろうが、いろいろしゃべってくれた。それを手帳に控えるとき新聞記者になったつもりで胸が鳴った。

ついでに書くと、のちにその川北電気が不況で解散になり、私が失職したときだから、十八の年だったと思う。小倉に「鎮西報《ちんぜいほう》」という地方新聞があり、汚い印刷で四頁《ページ》くらいのものを出していた。輪転機でなく活版で刷っていたから、部数はせいぜい知れたものである。私には地方の新聞記者くらいは勤まるような自負があった。

しかし、その汚ならしい社屋の二階に上って社長なる人物に会って志望を話すと、年老いた社長は鼻で笑って対手《あいて》にしなかった。新聞記者というのはみんな大学を出ている、君のように小学校しか出ていない者は、その資格がないといっぺんに斥《しりぞ》けた。その通りなのだが、そんなふうに私は小さいときから新聞記者にあこがれを持っていた。

さて、川北電気というのは、主に電熱器と扇風機を造っている会社だったがそのほかモーターも売り出していた。KDKというのがそのマークで、扇風機は業界ではトップレベルではなかったかと思う。扇風機に付いているガードと称する、あの渦巻型の鉄線は、川北電気の新案特許になっていて、そのスマートさから、これだけは日立や明電舎、安川電機などをずっと抜いていた。

小倉出張所は、自社製品の販売の傍《かたわ》ら、地元に九州電力軌道株式会社という大きな会社の下請工事も請負っていた。この九軌の社長が松方幸次郎、専務が松本松蔵という人で、のちには西鉄に買収されたが、北九州地区では門司から折尾《おりお》まで走っている電車も経営していた。川北の出張所は、このような会社に取り入らなければ営業ができなかった。

出張所長は四国の生れで、星加清明という人だった。まだ三十代の人だったが、その頃の私の眼にはひどく年寄に見えた。親切な人で、世間的なことは何も知らない私をいたわってくれた。しかし、私はあまり役に立つ給仕ではなかった。気の利《き》かない給仕だった。

支店は福岡にあって、売上げ伝票は、本社に一通、福岡支店に一通コピーを発送するのも私の仕事の一つだった。給料は初め十一円であった。この給料もほとんど家に入れなければならない。その頃、両親は飲食店をやっていたが、やはり景気が悪く、私の給料も家賃の引当てにしていたのである。

その頃の辛《つら》さといえば、中学校に入った小学校時代の同級生に途上で出遇《であ》うことだった。私は詰襟服を着て、商品を自転車に載せて配達する。そんなとき、四、五人づれで教科書を入れた鞄《かばん》を持つ制服の友だちを見ると、こちらから横道に逃げたものだった。私は早稲田大学から出ている講義録を取ってみたり、夜の英語学校に通ってみたりしたが、意志の弱いためにどちらもモノにならなかった。結局、読書の傾向は文芸ものに向った。

川北電気にいる三年間、私が主に読んだのは、その頃出ていた春陽堂文庫や新潮社の出版物だった。殊《こと》に芥川龍之介《あくたがわりゅうのすけ》のものは真先に読んだ。当時、芥川は短篇集をつづけて出していた。その短篇集「春服」「湖南の扇」など、銀行などに使いに行って椅《い》子《す》に腰かけて待つ間のひまに、貪《むさぼ》るように読んだ。なるべく長く待たされるのを望んだ。

すでに「文芸春秋」も発刊されていて、菊池寛の文壇制覇が緒《しょ》についた頃である。その誌上に発表された小説や戯曲の中から、次第に自分の好みに合う作家も知るようになった。戯曲の方面では鈴木泉三郎、関口次郎、岸田国士《くにお》などが好きで、山本有三のものも飛びついて読んだ。

明治時代の作家では、漱石《そうせき》、鷗外《おうがい》、花袋《かたい》、鏡花など一通り読んだが、自然主義作家にはそれほど惹かれなかった。花袋の場合は「蒲団《ふとん》」「一兵卒」などよりも、前から彼が書きつづけていた紀行文のほうに惹《ひ》かれた。それから、正宗白鳥《まさむね》の「泥人形」というのを読んで一ぺんに退屈した。どうも私小説作家のものは私の好みに合わなかったと思う。世評の高い志賀直哉《なおや》の「暗夜行路」も、それほど魅力は感じなかった。むしろ「和解」のほうに感動を覚えた。それから、「網走《あばしり》まで」「小僧の神様」「城の崎《きさき》にて」などは、どこがいいのか分らなかった。そのころの私は、小説にはやはり小説らしいものを求めていたようである。

そんなことで、芥川や菊池に私の興味が惹かれたのは仕方がない。特に菊池の「啓吉物語」と、芥川の「保吉の手帳から」は同じ私小説の系統でありながら、いわゆる自然主義作家のものよりずっとおもしろかった。自然主義作家の、あるがままのものをあるがままに書く、という平板なものには、退屈でついて行けなかった。

その頃、「文芸春秋」に徳田秋声の山田順子との恋愛ものが連載されていたが、なんのためにこんなものを書くのか私にはどうしても理解できなかった。

戯曲のほうは、菊池がやはりアイルランドの近代劇風な意識から書いていたのに惹かれ、のちになって岸田国士のフランス風な洒落《しやれ》た、軽い、しかも明るいものに接してひどく新鮮さを覚えた。「村で一番の栗《くり》の木」「命を弄《もてあそ》ぶ男ふたり」「チロルの秋」「驟雨《しゆうう》」などは、ほとんど雑誌発表と同時に読んだ。

外国文学は新潮社から最初の世界文学全集が出たときに馴染《なじ》んだ。ドストエフスキーも、その機縁で読むようになったが、そのうち惹かれたのはポオであった。このような好みの私が私小説に興味をもてるはずはない。原久一郎訳のゴーリキイの「夜の宿」（どん底）をよみ、その陰惨な生活が当時の自分にひどく近親感を持たせた憶《おぼ》えがある。それに、訳者の原氏が月報に書いたところによると、氏も木賃宿住まいの頃があったらしく、その思い出の短文に惹かれた。その中にあった「霰《あられ》たばしる」なんとかいう短歌は、いつまでも憶えていた。この「夜の宿」は、私の父親の木賃宿の思い出につながった。

その頃だったか、倉田百三の「出家とその弟子」が今でいうベストセラーになっていた。ある晩、市内のある寺で、その朗読会があるというので行ってみた。暗い本堂で、五、六人の若い男女がセリフの読み合いをしていたが、そういう雰囲気が私にはひどく高尚に思われた。とても私などが参加するようなグループではない。小学校卒、会社の給仕という、自分ながら最下層にいる者にはとてもよりつけないと考えていた。

その頃の私はかなり前途に望みを失った気持だった。勤めている会社は不況に喘《あえ》ぎ、無謀な社債発行によって窮境を抜けきろうとしていた。当時ようやく独占企業としての本領を発揮しはじめた日立や三菱《みつびし》の圧力に敗北したのではなかろうか。その証拠に社債引受の銀行は二流以下で、強力な保証を与えなかったから、会社はあえなく潰《つぶ》れ去っている。

それは少し先のことになるが、このように文学書ばかり読む給仕を会社の人が便利と思うはずはない。やがて第一回の整理でほかの社員と共に私はお払箱になった。

だが、今から考えると、十六から十八までの一ばん感覚の新鮮な時代、暇を見つけては雑読したことが、今日ではかなり役に立っているように思う。ポオを読んで「アッシャー家の没落」に描かれたような荒涼とした山野を一日中彷徨《ほうこう》していたときもある。名も知れない旅宿に泊りたくて独りで山口県の海岸の道を歩いたこともある。

十九の年、私は何もしないでぶらぶらした。職を見つけるにも雇ってくれるところが無かった。その原因の一つは、私が小学校しか出ていないこと、年齢的に中途半端《はんぱ》だったこと、筋肉労働には身体が虚弱すぎることなどであった。

幸いに両親のやっている飲食店はいくらか繁昌《はんじょう》して、私の給料をアテにしないでもいいようになっていた。この飲食店は家が狭いせいもあって、近くの雑貨屋の二階に部屋借りをさせられた。このときは前にも書いた祖母といっしょであった。

その家主の雑貨屋は、店舗は持たず、ある大きな雑貨問屋の通い番頭だった。奥さんは私の眼から見ても主人よりは教養程度が高かったように思う。女の子が一人いたが、奥さんの主人への不満は何かの動作にちらちらと感じられた。主人は、そうした番頭によく見かける小狡《こずる》い男で、店の品物を持って帰っては近所に相当な値で売りつけていた。その品物も正常な手段で持ち帰ったかどうか怪しいものだった。奥さんはよく世界文学全集などを読み耽《ふけ》っていたが、むろん、私とは年齢が違うので、小説の話をしたことはない。しかし、好感の持てる人であった。

小倉に東洋陶器というコーヒー茶碗《ぢゃわん》や洋食皿を造っている会社がある。そこの職工で私と同級生の男がいた。その男の伝手《つて》で私よりは十ぐらい上のHという職工と知り合いになった。この男も文学青年で、小説は書かないが、みずから詩人といっていた。しかし、一度もその詩を見たことがない。彼の家に遊びにゆくと、私には羨《うらやま》しいくらい立派な本が書架に並んでいた。

さらに、そのHの仲間に八幡《やわた》製鉄所の職工数人がいた。いずれも私よりは七つか八つ年上の男で、彼らは実際に小説を書いていた。そんなことから私はこういう人たちとつき合うようになり、ときどき自分の書いた短いものを見せたりなどした。

その頃の私は多分に芥川の影響を受けて、そういう傾向のものを書いたようである。もっとも、その習作は一つか二つだった。ある日、作品の発表会をやろうということになり、われわれは小倉郊外の延命寺という宮本武蔵《むさし》の碑のある近くの茶店に集合した。

今でもうろ憶えに記憶しているのは、そのとき私の披露した短篇は、朝鮮で飢饉《ききん》が起り、人民が土でつくった饅頭《まんじゅう》を食べる話であった。むろん架空である。プロレタリア意識から書いたものではもちろんなかったが、それを聞いた八幡製鉄所の連中は、当時勃興《ぼっこう》していたプロ文学の作品系列だと見当違いなほめ方をした。

私は東京の文壇など何も分っていなかった。ただ、本屋に出ている雑誌から小説を手当り次第に立ち読みしていたというにすぎない。その頃の雑誌といえば、「文章倶《ク》楽部《ラブ》」があった。加藤武雄が投稿小説に毎号批評を加えていたが、原稿を送ってみようと思いながら、その勇気もなかった。それで、その頃興《おこ》ってきていたプロ文学についてはまるきり知識が無かったのである。

しかし、八幡製鉄所の職工をしている友人連中はさすがにプロ文学に興味を持っていて東京から雑誌などを直送させていた。多分「文芸戦線」だったと思う。

芥川龍之介の自殺があった。社会面のトップに「文壇の雄」という大きな活字がついていた。階下の奥さんは、わざわざその新聞を持って上ってきて私に見せた。私は文芸春秋社の広告を見て金を送り、龍之介の写真を取り寄せた。その裏には撮影者南部修太郎の墨字の署名があった。

# 見習い時代

私はようやく職にありついた。

しかし、それは正確には職といえるかどうか分らない。前にも書いたように、家は飲食店商売をしていたが、それもつかの間で父親は酒屋や家賃の催促に追われるようになっていた。酒屋から一升瓶の現金買いする始末だった。職が見つからずぶらぶらしていた私は針の蓆《むしろ》の上に坐《すわ》らされているような心地だった。

そこで、何か手に職をつけたほうがいいような気がしてきた。といって、自分では大工もできないし、左官や石屋などとてもできそうにない。手に職を覚える気持になったのは、川北電気が倒産して、同じ職場で働いていた社員の一人が食うのに困って、私の寝起きしている部屋にフトンを持ち込み寄食したので、切実にサラリーマンの無力を知らされたからだった。その事務員は、もう四十近くになっていたが、これも学歴のないために社員の中では最低の給料だった。女房、子を郷里に移し、自分も職を探しながら、私の家に転がりこんできたのだった。

ある日、私が小倉の裏通りを歩いていると、小さな印刷屋に「画工見習募集」という貼紙《はりがみ》が眼についた。つまり、石版の版下工の見習いである。私は小学校のときから図画が好きで、絵の成績は級で一番だった。だから、絵に関係したことならできそうに思え、その印刷屋の中に入った。

そこの主人が出てきて、見習いというのは小学校を出てすぐに採用するもので、君のように二十歳《はたち》近くなった者はどうも使いにくい、といった。狭い場所で忙しそうに働いている職人の姿が、羨しかった。

ちょうど、前にいたとき近所に高崎という人がいたのを思い出した。この人は、小倉で一ばん大きい印刷屋の主人の弟に当っていた。母親に話して、ある晩、その印刷所の石版のほうに見習いとして雇ってもらえないかと頼んだ。その印刷所は活版と石版と両方あったが、活版のほうが主力だった。

私は高崎印刷所の見習職人となった。石版というのは生れて初めて見るくらいで、何をしていいのかさっぱり分らない。初めは画工見習いということで入ったが、師匠の画工もいなかった。版下というのは、トレッシングペーパーみたいにうすい紙に油性の薬が塗抹《とまつ》してあって、それに油墨で絵や字を書くのである。指先がちょっとでも紙にふれると、その脂《あぶら》が紙に感じて、石版に写すと真黒になってしまう。その取扱いにはコツがいる。

私はいきなり素人《しろうと》として入ったのだから、役に立つ道理はなかった。結局、本当の石版工の見習いになって、五、六貫もあるような石版石を手ずり機から上げ下ろしをしたり、台所近くまで運んで、金剛砂をかけて石の感光部分を擦《こす》り落したりした。このような仕事は、小学校を出たばかりの少年のやる事だった。

私は年下の小僧連中からこき使われる結果になった。そうしているうちに版下をかくのはズブのしろうとでは無理だとよく分った。私がたまに描く版下は用をなさず画工でもない普通の職人がかき直さなければならない有様だから石研《と》ぎばかりやらされた。この石研ぎの場は、その印刷所の台所にあった。漬けものの匂《にお》いと、白いアクの出る石版石の匂いとを毎日嗅《か》いだ。

しかし、私は普通の石版職工にはなりたくなかった。そこで、ここで働いていてもとうてい画工の仕事は覚えられないと思い、画工上りの職人がやっている小さな石版印刷所にあらためて見習いに入ることにした。新しく移った小さな印刷所の主人は、はじめて基礎から版下のかき方を教えてくれた。同時に広告図案というものに初めて目がさめた。私は油墨で版下をかくよりも、泥絵具などを使って俗に「スケッチ」と言っている原画をかくのがずっと楽しかった。

今でこそ広告デザインの雑誌は多いし、外国の専門雑誌をふんだんに見ることができるが、その頃の参考書といえば、誠文堂から出ている「広告界」だけだった。この雑誌が私の図案の勉強だった。

そのうち私の師匠格である主人がマージャンに凝りはじめ、仕事を放擲《ほうてき》するようになった。仕方がないので、私が版下をかき、図案も受け持つという羽目に追い込まれたが、これが仕事を早くおぼえさせたようである。その家はハンドと称する手押し機二台だったのが、のちに四半截《はんさい》の印刷機を買い入れて、まずは小規模ながら印刷所の体裁をなした。

私は夜遅くまで毎日働かされ、家に帰るのが十一時前ということはなかった。ある冬の日、板の間に坐って、かじかむ手で版下を書いていると、背中がぞくぞくした。主人の細君に言うと、仕事が忙しいので帰らないで残っていてくれと言うが、背中にかけるものは貸してくれなかった。その晩から激しい悪感《おかん》に襲われ、高熱を出した。

その頃、家は、前の一番近くの家から辺鄙《へんぴ》な所に移っていた。やはり飲食店だったが、今度はずっと小さくて貧弱だった。そんな所で商売がはやるはずもなく、父には一ばん苦しい時期であった。私は、そんな見習いとも小僧ともつかない恰好《かっこう》だったので、給金は十円ぐらいしか貰《もら》えなかった。もともと、給料なしの、仕事を教えてもらえばいい見習いの頼み込みだったのだから、最初の半年ばかりは本当のタダ働きだった。もっとも、それも父親がどうにか飲食商売で食ってゆけたからである。

だが、商売の不況にもかかわりなく、景気が悪いのに、父は例によって「政治知識」を同業者にひけらかしていた。あるとき、土地の警察署の世話で飲食店組合の結成総会があった。父は、その席で警察側に何か質問したようである。父は組合の役員に選ばれ、だいぶ得意のようだった。飲食店組合の会合があると、さも忙しそうにいそいそと出て行った。父には生涯、そういうお人よしのところが抜けなかった。

さて、前に書いたように、悪寒を覚えてから肺炎になり、家で寝込んだ。かなり重かったが、入院もできず、自宅療養でどうにか危機を脱した。今のようなペニシリン療法のないときだから、肺炎の死亡率は相当高かった。私の枕《まくら》もとには、借金取りの声が聞えた。父が火鉢の上に俯向《うつむ》いて、金の工面を一心に考え込んでいる姿は今でも忘れていない。すでに相当な年齢《とし》だったので、俯向いたままいつのまにか居眠り、火鉢の灰の上に長い洟《はな》を垂らしたりした。

私は何とかして一家の生活だけは確立したかった。そのため早く職人として一人前の給料がとれるように焦《あせ》った。小倉の小さな印刷所にいては私の腕は上らないので、その頃、九州で一ばん大きい博多の島井オフセット印刷所に移った。

島井家は、博多の旧家である。その祖、島井宗室は豪商で、秀吉の朝鮮出兵のときはその往復に島井宗室を呼んでいる。

この島井印刷所では私は図案の勉強をしたが、相変らず一人前の給料ではなかった。その半年間、私は初めて両親のもとから離れて、自分だけになった。一人息子の私は全生涯を通じて、両親のもとからはなれたのは、このときと、兵隊にとられたときだけである。

話は前後するが、昭和三年に三・一五事件があり、四年には四・一六事件があり、共産党検挙はその前後にもつづいている。

昭和四年の三月中旬のある朝、私の家に刑事が来て、まだ私が寝床にいるところを引っぱられた。両親はおろおろした。私は、木綿の厚い丹前を着て小倉警察署の二階に行った。達磨《だるま》ストーブがあったので、しばらく、その傍《そば》で待っていた。何のために引っぱられたかさっぱり分らなかったが、多少の心当りはあった。

というのは、前にも書いたように、八幡製鉄所の文学仲間が非合法出版の「戦旗」の配布をうけて読んでいたから、八幡署の特高にマークされていたのである。その往来から、私もグループの一人だと思われてつかまえられたのだとは思っていた。あとで家宅捜査をしたが、私の貧弱な本棚からは何一つ彼らの餌《えさ》になるようなものは発見されなかった。

達磨ストーブに当っていると、刑事が来て、おまえは何だ、と言った。今朝ここに呼ばれたのだ、と言ったら、バカ野郎、と一喝して、忽《たちま》ち火の気のない寒い所に追いやられた。留置場では五、六人の容疑者といっしょだったが、思想犯関係は私一人だった。婦女誘拐《ゆうかい》、窃盗、詐欺《さぎ》の容疑者とここで十数日暮した。今の留置場と違い、当時は不潔極まりなく、部屋の片隅に大小便をする溜《たま》りがあった。はじめの二日ばかりは、その臭気で飯が食えなかった。

飯といえば、最初入ったとき剝《は》げた木箱の官食を口に入れたが、咽喉《のど》がひりひりと痛くて呑《の》みこめない。渇きのためだとは自分で気がつかなかったのである。そういう状態では、飯が石でも呑むように痛いということを初めて知った。便所は二枚の板が四角い壺《つぼ》に差し渡されてあるだけで、同房の連中の目の前で大小便を垂れ流すのであった。

拷問《ごうもん》は竹刀《しない》だった。これは私を捕えに来た近藤という酒焼けのした男だったが、どうしても仲間の名を言えといってきかない。留置場のすぐ上が道場で、殴るぶんには遠慮がいらない。私の場合は容疑がうすいとみてか、逆吊《さかづ》りや、煙草《たばこ》責めなどはなかった。

留置場には十数日間入れられた。出てきたときは桜が咲いていた。母は泣いた。釈放されてからも、近藤という刑事はたびたびやってきた。彼が来るたびに父は酒をタダ飲ませた。刑事のしつこさを、このとき知ったのだが、これは、のちに小説で「無宿人別帳」の中にそのかたちを書いている。

留置場から家に戻ってみると、私の本はことごとく父に焼かれてしまっていた。父親は、口では政治がどうのこうのと大言壮語するのに、小心な性格だった。こういうものを読んでいるから思想にかぶれるのだといい、それ以後、私が小説を読むのをことごとく禁じた。

しかし、私も文学などやっていられない、早く生活を安定させなければ、一家が路頭に迷うと思った。借金取りに責められている父を見ていると、いっそう、そう決心せずにはいられなかった。

# 彷《ほう》徨《こう》

私がアカの嫌疑で小倉署に逮捕されても、印刷所の雇主は私を解雇することはしなかった。大企業だったらどうなったか分らないが、そこが零細企業のありがたさである。

印刷所の主人はまだ若かった。私と四つしか違わない。この人は門司《もじ》のオフセット印刷屋に職人としていたが、現在の妻といっしょになるため東京に駈落《かけお》ちした。その細君は東京や小田原の話をよくした。小田原の印刷屋にも夫婦で働いていたらしい。小倉から動けそうにない私は、細君が半分自慢気に語る東京の話に聞き入った。東京には依然として父の弟が健在だったのだが、音信不通になっていた。

その頃の仕事で一ばんいやだったのは、レッテルの型抜きと金粉つけである。図案の見習いといっても、そんな印刷屋だから、職人が三、四人しかいない。一ばん下《した》っ端《ぱ》の仕事は何でも私が引き受けなければならない。現在は型抜きも機械化されているが、当時はいちいち手で製本屋の使うハンドル式のプレッシャーを使用しなければならなかった。

私は楕円形《だえんけい》や、梅、桜といったかたちが、一枚に何十個となくついている紙を何十枚も重ねてプレスのハンドルを回した。これは力の要る仕事で、強くしないと下まできれいにうち抜けなかった。

金粉づけというのは、はじめニスを交じえた茶色のインクで刷って、そこに綿に金粉をつけてまぶすのである。それを羽根箒《ぼうき》で払うと、インクのついた部分だけ金粉が付着するという仕組だ。金粉といっても、むろん、銅粉か何かで、極めて軽い。この仕事をやると、どんなに顔や身体《からだ》を布で蔽《おお》っていても、金粉が入り、鼻の孔《あな》など金だらけになる。今と違って、一枚一枚を金粉でこするのだから数が多いほど苦労な仕事であった。現在は、機械がやってくれている。

両親の商売はますますいけなくなった。私は嫌でも、何とかしてこの職を手につけなければならなかった。残業も忙しいときは十二時近くまでやらされた。それが毎晩のように続く。

私はいつの間にか二十五になっていたが、待遇はやはり見習いである。ときたま、昔の小学校の同級生が背広などきて歩いているのに出遭《であ》うと、情なかった。私は着物を着て下駄ばきで通い、その勤め先で汚ない作業服に着替えるのだった。

やがて、その印刷所も潰《つぶ》れてしまった。腕のいい印刷屋だったが、資本のない悲しさで、よその印刷所の下請けばかりしていなければならなかったからだ。忙しいだけで儲《もう》けはなかった。その上、主人がマージャンに凝って仕事をおっぽり出すようになったから、余計にいけなくなった。夫婦は夜逃げ同様に東京へ逃げ去った。

それまで私は渡り職人をずいぶん見た。その頃の石版印刷で一ばん大事にされたのは、「色版画工」だった。色版というのは、三色刷や四色刷の印刷物を色を描き分けて原版をつくるのである。原色版の発達しない時代は、このようにしてみんな手描きの分解だった。濃淡のぼかしはフィルムといって、膜の網目にインクをこすりつけて上から版に写す。この濃淡のかけ具合はなかなかコツがあって、腕のいい職人でなければいい調子に印刷物が上らないものだった。その効果は職人のカンと腕に頼らなければならなかった。

どこの石版印刷所も、色版画工の不足で悩んでいた。それに目をつけて、彼らは各地を渡り歩く。雇主は二、三回ぐらい仕事をさせてテストをして雇い入れる。ところが、そういう腕の職人に限って多くの金が取れるので、身を持ち崩す者が多かった。彼らは自分の腕を主人に信じさせると、たちまち遊廓《ゆうかく》や三等料理屋に上って女を買う。二、三日姿を現わさないなと思っていると、主人宛《あて》に使いが来て、遊興費を支払ってくれと言う。向うもちゃんと雇い主の弱点を握っているのだ。朝出てくるときは、女の腰紐《こしひも》を平気でズボンのベルト代りに結んで来る者もいた。彼らは同じ印刷所に長くはいない。腕があれば、日本国中、お天道《てんとう》さまと米の飯はついて回るという考えで、削針《けずりばり》一本を持って放浪した。削針というのは製版の道具の一つだ。こんなところは、洋服屋の職人が裁《た》ち鋏《ばさみ》を持ち、床屋の職人が剃刀《かみそり》を懐《ふとこ》ろに入れて渡り歩くのと同じである。

渡り職人の中には年とったのもいた。なかには画工という意識から、画家のような黒いうわっぱりを着ている者もいた。荒廃した生活は、どの男にも素直な気持を持たせなかったようである。その代り、各地を渡り歩いているので、話題はなかなか豊富だった。私のように両親のもとに拘束されて、十年一日のように小倉の町から出たことのない者には、羨《うらや》ましかった。

ある晩、私は印刷所の主人のいいつけで、そういう職人の一人を旅館に案内したことがある。

彼らはたいてい下宿だったが、さしあたりはみすぼらしい旅館に泊めさせることになっていた。暗い通りを、そういう職人の侘《わび》しい荷物を持って歩くと、私は寂しさを感じないわけにはいかなかった。

その印刷屋の主人夫婦は小倉駅から東京に去ったが、私と、もう一人若い機械工見習いとが駅まで見送った。この細君に一人の兄がいて、元は田舎で指物大工《さしものだいく》をしていたが、弟夫婦のもとにきて製本などに従っていた。指物師だけに手先は器用だった。贅沢《ぜいたく》をしてやがるな、と兄は弟夫婦の二階座敷に上って来てはあたりを睨《ね》め回したりした。家財は、その頃として贅沢なものを揃《そろ》えていた。兄は別な所に貧しい生活をいとなんでいた。年は違うがこの人と私は気が合った。気のいいところがある一方、多少こずるいところもあった。

いよいよ主人夫婦が東京に逃げるとき、私は駅のホームにこっそり見送ったが、細君は後生大事にシンガーミシンの機械の部分を携行していた。借金だらけになっているので、取上げられるのを惧《おそ》れたのである。しかし、この若い夫婦は決して暗い顔をしていなかった。

その印刷所が潰れると、私は前にいた印刷所に戻らねばならなかった。その頃は私も多少職人らしくなっていたが、まだまだ技術が足りないので博多の島井印刷所に見習いに入ったのは前に書いた通りである。

この博多の生活は、はじめて親のもとを離れた自由さがあった。給料が少なく、休みの日には映画に行く金も無いので、ただ市中をうろつくだけが楽しみだった。

父親からは始終手紙がきた。着替えの時期には、着物を小包みにして送ってきた。母は字が書けなかったから、その中に母の言づけなどがしてあった。

博多の索漠とした生活にようやく耐えきれなくなって、私は、五月の初めにまた小倉に戻った。よれよれのセルを着て汽車の窓から香椎《かしい》あたりの菜の花が咲いている景色を見ながら、いったい、これからどうなるのだろうと、前途に暗い思いを抱いていた。

博多にいる間、私は月に一度ぐらい帰っていた。そのときの母の喜びようはなかった。だが、生活はいよいよ苦しく、私が、最後に博多を引揚げて家に戻り、またぞろ元の印刷所で働く頃は、父も借金に耐えられなくなって、いよいよ魚の行商をすることになった。このとき、すでに父は六十近くになっていた。考えてみると、父親の一時の得意時代は、前の市場近くにいた飲食店であろう。小さいながらも繁昌《はんじよう》し、ゆくゆくは家を増築したいなどと夢みていた。階下《した》を普通の飲食店にし、汚ないながら二階は客を通す座敷にしていた。

客扱いの巧《うま》い女中が一人いて、そのためにだいぶん客の出入りがあったが、その女中が郷里の佐世保に去ってからは、客足が落ちた。女中に男がいたのだが、父はわざわざ佐世保の田舎まで行ってその女中に会い、なんとかまた働いてくれるように無駄なことを頼んだりした。父があせっていたのはたしかだが、しかし、生来楽天的な父はそれほど悄気《しょげ》もせず、佐世保の見物などを帰ってから得意そうに話していた。その女中が案内してくれたらしく、九十九島などはまるで松島のようじゃ、と手振りを交えて誰にでも語って聞かせていた。

ところで父と母とがその老齢《とし》になって魚の行商をはじめたのは、その飲食店時代の経験があったからだ。行商は、リヤカーに魚の箱を積んで、小倉から三里も四里も離れた農村を歩く。母親は遠くまでは行けないので、二里ぐらいの田舎まわりだった。市場は前に全盛時代だった飲食店の近くにあった。だから、前にいた近所の者に見られてきまりの悪い思いをしたにちがいないが、それはむしろ母親のほうで、父はあんまり苦にしていないようだった。体格がいいので、片手に鉤《かぎ》を握ってそれが癖の、肩を揺るようにしてリヤカーを引張っている姿など若い者が負けそうだった。

しかし、はじめのうちは魚も売れず、ほとんど残して家に戻ってきていた。そんな遠くでも、前からの同業者が入り込んでいて商売にはならなかったのである。だが、辛抱しているうちに、ぽつぽつと得意先もひろがったらしい。それがほとんど山の中で、隣の村に行くのに半里や一里の所ばかりであった。父は六十になっていたが、それほど疲れて帰ってくることもなかった。ただ、身体には魚の臭《にお》いが強かった。

父は例によって話好きで、田舎の得意先に寄ってはその「博学」をひけらかしていたらしい。父は帰ってから、それをいちいち自慢した。儲けは少なかったが、とにかく、そんなことで家計はいくらか楽になった。

一方、私のほうも多少職人らしい給料を取るようになった。その頃から印刷をたのむ商店も図案を重視しはじめ、私のような者でも印刷所の主人は大事にするようになった。ほかの職人に知れないように特別の手当をくれるようにもなった。

しかし、相変らず私のいる所は台所の裏口の傍だった。そこに机を置き、夜遅くまで働いた。漬物の匂いと、風呂水《ふろみず》を汲《く》む音とは、私の仕事場から離れなかった。

私の収入が多少ふえたとはいえ、それは余裕のあるものではなかった。私は相変らずしおたれた着物とちびた下駄で印刷所に通っていた。

その印刷所は、表が旧《ふる》い店によくある畳敷きの帳場になっていて、事務員三、四人が坐《すわ》っていた。古い商法だが、主人は働き者で、肥えた低い身体をこまめに動かし、各会社を回っては注文をとっていた。いつも真赧《まっか》な顔をしているので、金太郎という実名があだ名のようだった。

主人は工場に帰ると、職人をがみがみと怒鳴り散らす。この印刷所は活版が主体で、石版は付属的なものだった。活版小僧からたたきあげた主人は石版がよく分らないので、多少苦手のようだった。

あるとき、その店に用事があって行くと、三十四、五歳ぐらいの、背広を着た小肥《こぶと》りの男が、土間に立って主人に何か頼んでいた。それが新しく入って来る画工だった。やはり渡り職人だったが、彼には妻子がいた。それで、独身で気儘《きまま》なことをしているほかの職人と違って、律気《りちぎ》だった。だが、妻子を伴《つ》れて転々と印刷所を渡り歩く彼の姿が、私にはどうにもやりきれなく映った。こういう職人の世界に身を置くおそろしさが分って来た。

資金が無い限り、生涯、印刷屋の職人で送らなければならない。事実、活版のほうにはすでに頭の禿《は》げた職人が数人いた。彼らは気むずかしくて、貧しかった。冬の夜、台所の冷たい湿気の仕事場に坐っていると、私も自分の行末を考え込まずにはいられなかった。しかし、この生活から這《は》い上るあてはなかった。

僅《わず》かに慰められたのは、多少とも私の描く図案に注文主が目をつけてくれたことである。あるとき、小倉に洒落《しやれ》た洋菓子店が開店し、その包紙を高名な東京の画家が描くということになった。なんでも、主人の姪《めい》が福岡女専の出身で、画家はその知り合い関係から依頼されることになったらしい。そんな話を聞いて間もなく、私はその印刷屋の二階に呼び上げられた。

印刷所の二階は主人家族の住居で、家具調度も私の眼には贅《ぜい》を尽していた。その十二畳の座敷の真中に紫檀《したん》の机を置き、東京の若い画家が坐って、図録のようなものをひろげていた。早川雪洲《せっしゅう》に似た好男子である。その傍には、この家の主人の娘二人と、女専出の姪とがいかにも大切そうに画家にサービスしていた。

東京の画家は骨董屋《こっとうや》の図録から、陶器か何かの模様をピックアップして、こういうやつを描いて適当に包紙の模様のように散らして下さい、と私に命じた。私はなんだと思った。ただ図録の絵をとって配合するだけではないか。ただし文字だけはぼくが書きます、とその画家は言った。当時、キュウビズムか何かで評判の二科の新進作家だった。

私はいつのまにか二十七になっていた。

# 暗い活字

ここで少し回想したいことがある。

まだ、印刷所に入る前、父親が飲食店の景気が悪いので、餅《もち》売りの露店を、小倉から一里ばかり南の北方というところにある兵営の前に出したことがあった。私にも手伝えというのでついて行くと、寒風の吹きさらしの中で、七輪の上にかけた鉄板で餅を焼くのであった。その餅も、餅屋から仕入れてくるので極めて利が薄い。私は焦《こ》げぬように絶えずヘラでかえしながら、通行人の足もとばかり見ていた。少しでも人が寄ってきそうになると、客ではないかとミカン箱から腰を浮かしたものだった。

私はそのとき、一冊の岩波文庫を持っていた。ダンセニイの「神々の笑い」という翻訳ものであったが、ときどき七輪の前を抜けては、練兵所の丘に上り、懐《ふところ》の本をとり出しては読んでいた。そこには黄色く枯れた草と、寒い風にそよぐ松の木立があった。一里の道の往復には荷車をひっ張るのだが、仕入れた餅の半分を残して帰る日は心が重かった。車から吊《つ》りさげたバケツがガチャガチャゆれるので、いらいらした。

この荷車も自分のものではなく、日当で借り賃を払うのである。だから、儲《もう》かるはずはなかった。車を持主に返しに行くのも私の役目で、父親は、二、三日ぶん溜《たま》っているがあとで払いに行くと言ってくれ、と私によくことづけた。荷をおろした空車をガラガラひいて、ドブ川の傍《そば》の家に行くと、四十ぐらいのおかみさんが出て来て、車の破損のぐあいを点検し、あんまり貸賃を溜《ため》るようでは貸せないなあ、などと厭味《いやみ》を言った。

父親は不器用で、無計算で、どんな商売をしても成功するはずのない人間だった。少し調子がいいとすぐ身なりを整え、柾目《まさめ》の下駄をはいて、往来を風を切って歩いた。商売はみんな母親に押しつけて、自分は知り合いのところに行っては話しこんでいた。

私が小学校六年のときが父親の鮭《さけ》売り時代で、木造小屋での生活だった。担任の中村という先生が、私の進学の説得に来たのだが、ナメクジのはう土間にびっくりし、それきり私に受験勉強せよとはいわなくなった。密集した家の裏で、窓が一つしかないから昼間でも家の中は暗く、土間に突立っている（坐れる畳ではなかった）中村先生の顔もよく分らなかった。

路傍の餅売りが十七、八のころで、たしか蔵原惟人《くらはらこれひと》訳だったと思うが、ブハーリンやプレハーノフの文学理論を読んだのが二十四、五くらいのとき、つまり印刷見習時代であった。文学をやるつもりの人間だったら、決して早い時期ではない。しかし、私はなんとか石版画工の腕を身につけて生活を安定したかったので、日本画家のところに教わりに行ったり、習字のひとり稽古《げいこ》などしていた。小説を読むのはどこまでも余暇的なものだった。

——ここまで書いて、冷たい夜気を吸うため家の前に出てみると、オリオン星座が頭の上まで上っている。一時半ごろになるとこういう位置になるのだ。私は星の中では冬ならオリオンで、夏ではサソリ座が好きである。若いときの思い出もある。

オリオン星座を私に教えたのは誰だったかよくおぼえていないが、なんでもそれは短歌からはじまったと思う。その人は、その短歌を高々と朗詠し、空を指して教えてくれた。小倉ではその星が足立山《あだちやま》の頂上から上ってくる。串《くし》ざしの団子のように三つの星が正確に直線にならび、それをとりまいて平方形にさらに四つの星が一つずつ配されている。この中の三つの星はあたかも船のマストの信号旗のようにも思われる。

冬の空は澄んでいるので美しい。きらめきの形態になっている。

オリオン星座は私の過去の生活や感情に結びついている。印刷所の夜業をすませて家に帰るとき、足立山の上にこの星が貼《は》りついている。その高さの具合で、現在の時間が分った。新聞社に入ってからも、毎冬にこの星を見て家に帰った。兵隊にとられたときは、朝鮮でこの星を二冬見たわけだ。朝鮮の空は日本より澄んでいるので、よけいにきれいにみえる。どこから眺めるにしても、この星を見上げる私は、絶望、悲哀、孤独といった感情に陥っているときのほうが多い。

小倉の中島というところで不景気な飲食店をしていたとき、つまり、両親が魚の行商をする前だが、祖母のカネが老衰死した。慶応年間の生れで八十いくつかであった。

父峯太郎の養母に当るこの祖母は、米子《よなご》の生れであった。父に生活能力がなかったので、六十をすぎてから他家の女中などしていた。私の両親が夫婦喧嘩《げんか》をすると、「おタニさん、朝から喧嘩するとエ（家）のうちが繁昌《はんじよう》せんけにのう」と言いながら仏壇に供え物などするので、母は自分ばかりとめると腹を立てていた。

しかし、母はこの義母によく尽したほうだ。姑と喧嘩したことはなかった。私もよく祖母から可愛《かわい》がってもらった。「お父《と》っつぁんのような男にはなるなよ」とよく言った。が、それは父に甲斐性《かいしよう》がないからではなく、「お父っつぁんの耳はこまいけに運がなかったのじゃ。それに、女房《にようぼ》運もようなかった。男は女房がようないと出世せんけに」と言った。父の不運を生れつきと、不幸な配偶のせいにしていた。

私が小遣いに困っていると、祖母は両親には黙っていろと言って裏口から出てゆく。十分もすると帰って来て、私に五十銭の銀貨を握らせるのであった。それが何回もあった。近所から借りて来たとは思えないし、両親からも小遣いを貰《もら》っていない。小金を持っていれば父が捲《ま》きあげているから、その金の出所は、今もって不思議である。当時の五十銭はちょっとした金だった。

晩年の祖母は盲目となり、脚も立たなくなって、手さぐりで狭い座敷を這《は》いずり回っていた。七十のとき高齢者として市役所からくれた赤いネルの襦袢《じゅばん》をきていたので、這い回ると裾《すそ》から絶えずよごれた緋色《ひいろ》がはみ出た。母が髪を短く切ってやったので、禿《は》げ上った額がむき出て、うしろだけ白髪がザンバラになっていた。

眼がみえなくなる前、自分で近所の薬屋から眼薬を買ってきて、顎《あご》を反《そ》らせてひとりで点眼していたが、そんなものが利《き》くわけはなかった。盲目になると、母が背負って銭湯に行っていたが、腰が起たないので、家でときどき熱い湯で拭《ふ》いてもらっていた。耳が遠くなって、私が大きな声で、ばばやん（ばぁさん）と呼ぶと、ごそごそと声のするほうに這ってきてなつかしそうに私の身体《からだ》にさわった。祖母はいつもは暗い六畳の間にひとりつくねんと坐っていた。

父も母も店のほうがあるので祖母にはあまり構えなかった。母はそうした祖母の姿を横眼で見ながら、来る人に「ウチらも死ぬ前にはメクラにだけはなりとうないのう」と気の毒げに言っていた。

母ものちに老衰で死んでいる。三、四日前には、突然、「あ、眼が見えんようになった。とうちゃん（私のこと）、ウチはどうしたんなら？」と叫んだ。祖母と違わなかったのである。

祖母が死んだのは雪の日だった。あくる日、焼場に行くころ激しく雪が降りだした。焼場は一里半くらい離れた山間《やまあい》にあった。むろん、当時でも、霊柩用《れいきゅうよう》自動車はあったが、父にはそれを頼む資力がなく、大八車の上に白木の棺を載せ、近所にいる母の妹《いもうと》婿《むこ》が引張って雪の道を歩いた。私は長靴をはいて父や別の叔父といっしょにうしろから従った。祖母の棺が竈《かまど》の中に運びこまれるとき、私は、「ばばやん」と咽喉《のど》からひとりでに声がほとばしり出た。

あとで叔父は、「おまえの親父《おやじ》は、いよいよ甲斐性のない貧乏たれじゃのう」と私に言った。叔父には、霊柩車も傭《やと》えないのが近所に恥しかったのである。

つき合いのない私だったが、Hという九つくらい年上の男のところにはよく遊びに行った。彼は、前に書いたように、原稿の回し読みの仲間だが、小説は書かないで評論や哲学書など読んでいた。小倉の陶器会社につとめていたが、あるとき、父親の看病に来ていた派出看護婦と恋愛し、親の反対を押しきって結婚した。それで母親の家にいられなくなり、妻のすすめで田舎に派出看護婦会をひらくために会社をやめたが、その計画がうまくいかず、また小倉にもどって、裏通りの散髪屋の二階に間借りしていた。

Hは市役所の失業対策の仕事に行き、妻はやはり派出看護婦で働いていたが、その二間《ま》だけの二階に行くと、前から持っていた本を売らずに飾っていた。彼は私にオイケンやジイドやトーマス・マンの話など聞かせた。ジイドやマンがはやりだしたころである。

彼の妻はよくできた女だったが、少し勝気で、早く家を持ちたいために、派出看護婦でも法定伝染病の患者ばかりにつきたがっていた。それは最高の金がとれるからで、辛《つら》くても、二円五十銭と思って辛抱していると言っていた。二円五十銭がいい日当の時代だった。

その妻は過労のため病気になったが、その年の暮に行ってみると二十二、三の女がいて、姉がお世話になりますと私に礼を言った。大分の病院で看護婦をしている妹であった。それからHは幸袋《こうぶくろ》という筑豊地方の町に就職が決って先ず小倉から去《ま》り、つづいて妻と、看護婦をやめた妹とがその後を追った。

私はなんとなく寂しくなって、月に二回くらい幸袋のHのところに行ったが、彼の妻は私が行くたびに牛肉を買ったり、卵に、刻んだ油アゲをまぜて甘煮にしたおかずを出した。牛肉はともかく、その卵煮がこんなにうまいものはないように思われた。今から考えると、Hの安い給料では私へのもてなしは楽ではなかったように思われる。そこも農家の二階借りで、前には寺があった。銀杏《いちょう》の大樹があって、その向うは遠《おん》賀《が》川《がわ》になっていた。遠賀川は、飯塚、直方《のうがた》あたりが中流である。

この川のゆるやかな土堤《どて》は草に蔽《おお》われ、牛などが放牧してあって大そう牧歌的で、川すじなどという気分は感じられなかった。早春には、Hの妻と妹とがこの川の横で芹《せり》を摘み、つくしを採った。私はここまで書いてきたように、このようなほのかな華《はな》やいだ気分も持ったことはなかった。桜が咲くと、その姉は妹を私につけて外に出した。五月になると、青い草の深々と茂る堤防の道を二人で二里ぐらい歩いて往復した。川岸の麦畑の中には、青年が麦笛を鳴らしていたりした。

私はこの妹と結婚したい気持はあった。Hも妻も私がそう言いだすのを待っているようでもあった。しかし、私は自分の収入ではとても家庭が持てるとは思えなかった。そのとき、私は二十六歳だったが、散々見てきた印刷職人の生活不安に結婚の自信を失っていた。父も母も、まだ魚の行商をしていた。こういうわびしい家に、その妹を引き入れる勇気はなかった。私はいつまでも何も言わなかった。

夏ごろ、妹はその近所の寺にいる青年僧と婚約し、秋には結婚して長崎の寺に去った。

そんなわけで、私はしぜんと本でも読んでいるほか仕方がなかったが、給料のほとんどを両親に出しているので、高い本は買えなかった。ロシア文学では、革命後の作家で、たしか日本にも来たことのあるピリーニャークの小説が面白かった。シベリアの自然描写がうまく、狼《おおかみ》などがよく扱われていたと思う。アメリカのアプトン・シンクレアもそのころ流行《はや》った作家だが、アメリカの資本主義社会の内部暴露が主だった。ブハーリンの革命文学理論をしきりと翻訳していた。戯曲では金子洋文が「飛ぶ唄《うた》」を発表していた。そういう頃であった。

私は別に文学をやろうという気持がないので、こういうものを漫然と読んでいた。だから、「種蒔《ま》く人」も知らず、中央文壇の消息にはさっぱり通じなかった。

こうして、どうにか石版画工をしているうち、小倉では「とらんしっと」という同人雑誌が出たりした。玉井勝則（火野葦平《あしへい》）、劉《りゅう》寒吉、原田種夫、岩下俊作ら、のちの「九州文学」の同人たちが集って、華々しくやっていたようだが、むろん、私には無縁であった。また、その前に、北九州児童文学協会が組織され、九州電気軌道会社（のちの西鉄）の社員河南鉄郎が主体となって北原白秋、久留島《くるしま》武彦などを呼んで来たりした。白秋は柳河《やながわ》生れ、武彦は豊後森《ぶんごもり》の藩主の後裔《こうえい》である。この協会のパトロンは大阪から小倉に一時来ていた橋本豊次郎という土建業者で、中原という海岸に別荘を持っていた。文学に趣味を持った若い人たちが橋本別荘に行くのを誇りのように思っていたが、どうやらそれは容姿のきれいな橋本夫人に目をかけてもらいたかったらしい。夫人は夫の死後、大阪にひきあげ、のち俳句で名を成し、「天狼《てんろう》」の橋本多佳子《たかこ》となった。

また、私が前にいた印刷屋は夜逃げをしなければならない状態だったので、その末期は印刷用紙を買うことができず、市内の古い紙問屋につとめている若い店員から特別に紙を融通してもらっていた。この店員は、私と小学校の同級生だったが、彼は私の主人に紙を融通してやっているぞという意識があってか、そこの見習いをしている私をひどく軽蔑《けいべつ》し、ものも言わなかった。

だが、その紙屋もほどなく倒産した。主人が梅若という唄のうまい妓《こ》に身代を入れ上げたという噂《うわさ》であった。梅若は、のちの赤坂小梅である。

しかし、小倉の町に文学運動が起ろうと、老舗《しにせ》の旦那《だんな》の芸者遊びの噂が伝わろうと、私にはなんの関係もなかった。よれよれのズボンをはき、下駄ばきで弁当箱をさげて印刷所に通っている私を誰が相手にするであろうか。文学的な空気など、こそとも私の身辺には吹きよせてこなかった。私には、カフェーなどで「転がせ転がせ、ビール樽《だる》」を合唱している「とらんしっと」の連中は恵まれた環境で、世界の違う人々であった。

私は自分の若いときをふりかえって、いまさらのように愉《たの》しみのなかったことに索然となるが、私は自分の生活を早く確立したいことで一心であった。二十歳を過ぎて小僧となり、夜は十一時前に帰ったことはなかった。帰っても、習字の手本をひろげ、少しでも早くきれいな文字が書けるように、独習した。文字が下手では版下屋の資格はなかった。私は小学校の時から習字が駄目だったので、床に入っても、おぼえている手本の文字の形を蒲団《ふとん》の上に指で書いた。すべて生活につながる練習だった。両親の老いは、私の焦燥をさらに駆り立てた。

# 山路《やまみち》

昭和十一年の末に私に一つの転機が来た。印刷屋の主人が死んだ。大屋台の大黒柱である当主が仆《たお》れると、印刷屋も明日が分らない運命になった。戦争が進むにつれ紙の配給が窮屈になり、企業合同が印刷屋の世界にも及ぶようになった。主人の死んだあとは兵隊にとられている長男と、中学生の次男とがいるだけだった。

私は、この機会に職人を辞めようと考えた。幸いなことに私の仕事は家の中ででもできる。つまり、各印刷屋から、版下の注文があれば独立して営業ができるのである。だが、そうはいうものの、まだ独立するには不安だった。何ぶん狭い町で、そのような注文を出しそうな印刷屋も数が少ない。それに、いわゆる版下屋という業者も私が入り込む余地がないくらいに多かった。

私はためらった。よそから注文が来ないと一銭の収入もない。それで、印刷屋のほうは仕事が閑散《ひま》になったせいもあって、早く家に帰ってぼつぼつよそからの版下を描くように準備した。つまり、アルバイトをしていた。これで先の見込みがよかったら、思いきって印刷屋を辞めるつもりだった。こうまで私が慎重になったのは、やはり家族の生活が心配だったからだ。その頃、私はすでに結婚していたし、両親も魚の行商をつづけるには無理なくらいに老いてきていた。

そうしたある日、朝日新聞を見ていると、十二年二月一日を期して小倉に西部支社を作り、そこで新聞の発行をするという記事が載っていた。私は、新聞が小倉で出されるなら新聞広告も地元から募集されるに違いない。広告には当然デザインが必要である。もし、そうした版下を描く者を現地で採用するなら、これはチャンスだと思った。

だが、朝日新聞の名前はあまりに大きすぎた。私のようなものを使ってくれるかどうか分らないし、第一、そんな募集も出ていない。誰に頼んでよいか、そのコネもなかった。しかし、私は諦《あきら》められなかった。

そこで、新聞に名前が出ていた支社長のH氏宛《あて》に直接に手紙を書いて出した。こうするよりほか私には方法がなかった。

四、五日して朝日新聞社の活字の入った封筒が来た。多分断りであろうと予想しながら封を切ってみると、タイプで、手紙の件については当社営業部広告課のKまで来社ありたし、とあった。これまでの作品があれば見本として持ってくるようにと添えてある。私は予期しない返事に喜んだ。

しかし、まだ不安が残っている。果して採用されるかどうか、また持参する見本が先方に気に入られるかどうかである。当日までに新しい広告図案を何枚か描き、一張《いっちょう》羅《ら》の背広を着て、小倉の東外《はず》れの砂津という所にある新聞社を訪れた。

それはやっと完成したばかりの新社屋で、円形の建物のうしろに方形の工場が連結しているクリーム色の、なかなか洒落《しゃれ》た建築だった。私は恐々《こわごわ》と玄関のドアを押した。この建物はほとんどがガラス張りで、中に入ると屋外に居るように明るい。守衛に用向きを伝えると、ガラスのドアを押して営業部の中に導き入れた。カウンターの向うに机が三列に奥の方から並んでいる。その真ん中の列のほぼ中ほどにいた三十ばかりの、きれいに頭を分けた人が私と会ってくれた。これが広告係主任のKさんだった。

Kさんは私の履歴書を眺めた。貧しい学歴と職歴をじろじろと読まれたとき、半分は諦めかけた。Kさんは私のへたな版下図案の原画や印刷物を持って、奥のほうに居る上役のところへ相談に行った。そこで二人はひそひそと話をしている。不安を隠しながらあたりを見回すと、広告係というのはもう一人若い社員が居るだけで、机はたった二つしかない。いまKさんが話をしている上の人はYさんといって、あとで分ったが営業部の次長だった。広告係につづいて会計係の机がある。でっぷりと肥《ふと》った赤ら顔の主任と、小男の課員が一人だけだった。人は疎《まば》らだった。どの人を見てもみんな立派な洋服を着ている。私のように何年も前に作った色褪《あ》せた背広を着ている者は一人も居ない。新築の輝くばかりの建物の中で私は小さくなっていた。汚ない印刷屋の職場とはまるで世界が違うのである。

ようやくKさんが戻ってきた。「それでは明日から来て下さい」と言われたときは、あんまり簡単なので、少しの間、ぼんやりした。

だんだん話をきくと、私は入社するのではなく、版下一枚について金を払うという契約で専属にするというのである。つまり、私がそれまでやっていたように、普通の印刷屋から持ち込まれる版下を描き、その描き賃を貰《もら》うのと少しも変らないのだった。

私が心配になったのは、新聞が発行されてからどれだけ注文があるかということであった。何も知らない私は、新聞広告はみんな新聞社で作成するものと思っていたが、Kさんの話では、ほとんどは大阪本社から紙型で来るので、地元の広告だけしか版下を描く必要はない、それだけやってくれというのである。だが、そんな数の少ないものので果して私の生活が保障されるだろうか。恐る恐る訊《き》いてみると、君、今の印刷屋で幾ら取っているかね、と問われた。大体、日給ですから、月の収入は、四、五十円ぐらいです、と答えると、Kさんは、それくらいの収入には十分なるよ、と言った。

二月十一日の新聞発行日にはあと一カ月ぐらいだった。私は永年世話になった印刷屋に退職を申し出た。死んだ主人の未亡人は四十ぐらいの人だったが、亭主があまりに働き者だったせいか、のんびりとした性質で、いつも帳場には丸髷《まるまげ》で坐《すわ》っているような女だった。印刷屋の統合問題が進み、ここも思いきって廃業にするか、合同するかと思案中だったので、私の退職はあっさりと認められた。私は、今度は自分で版下屋をやりますから、注文を出して下さい、と頼んだ。

その頃、借りていた家は六畳が二間《ま》しかなく、奥の間には両親が寝る。私は路地に向ったガラス戸の際《きわ》に机を据えつけ、各印刷所から来る注文の版下を描きはじめた。今は注文はあっても、先になるとそれがこなくなるという惧《おそ》れもある。私は朝から夜の十一時ごろまで仕事をしていた。二十八歳のときだった。

新聞社の仕事はだんだんに多くなった。石版の版下と違い、これは画用紙に墨で描くので、書き損じはホワイトカラーでできる。その点、石版版下よりずっと楽であった。

地方のスポンサーだから、大きなスペースのものはなかった。せいぜい突出し（二段五センチくらいのもの）がほとんどで、たまに地方のデパート、映画館などの広告がある程度だった。しかも、大部分の余白が活字で埋められるので凸版《とっぱん》の部分は少なく、仕事としては楽であった。

Kさんが言う通り、月末にこちらから請求するぶんは、ゆうに印刷所で貰っていた給料以上のものになった。その上、遠慮して請求した金額に対しては、Kさんのほうで適当に訂正し、ふやしてくれたので助かった。大体、全二段ぐらいの版下料が二円五十銭だったと憶《おぼ》えている。それもカットと大きな見出し程度のものだから、はじめのうちは、そんなに金を貰うのが気の毒なくらいだった。

しかし、考えてみると、Kさんは大阪から来た人で、大阪と同様な金額並みに私のを合わせてくれたらしい。それに、新聞社としても全二段となると相当な広告料が入るので、いわば図案料ぐらい、知れたものだった。

その頃はまだ広告扱店も専属の店がなく、ほとんどが新聞販売店の兼業であった。在来の販売店を教育して新聞広告仲介業を開かせたのだが、そのために外交員を特に入れたりなどした。当時は、小倉、門司《もじ》、下関、八幡《やわた》、戸畑、若松といわゆる北九州圏があり、もう一つは福岡、熊本、長崎と西日本圏があった。販売店主は広告を募集する要領が分らず、開拓者としてのKさんの苦労は相当なものだった。

しかし、そのうち販売店でも要領が分ってくると、新聞を売るよりも広告手数料のほうがずっと有利なことが分って、本気でそちらに力を入れるようになった。のちには新聞販売店を廃業して広告扱専門店に転業するものが続出した。

私は朝十一時ごろに新聞社に行き、空いた机を一つ貰って、画用紙をひろげ、鞄《かばん》の中から烏口《からすぐち》などの道具やポスターカラーを並べ、出された原稿を描く。大体、午後二時過ぎには終って、家に戻ると、留守中に回された印刷所の版下を描くという生活になった。その頃の私の収入は新聞社が三分の二、市内の印刷屋の仕事が残りの三分の一という割合であった。

どうやら、念願の印刷職人生活から別れられるようになったが、まだまだ不安はつきまとっている。不定収入の危惧《きぐ》である。新聞社のほうも、その頃ようやく営業部の増強を図ることになって、広告係は課に昇格して、大阪から大挙部員が来るような話が伝わり出した。そのとき図案係が大阪から来れば、私の仕事はストップされる。ほとんどの収入を新聞社に依存しているので、これも大へんに心配だった。

大体、このような版下は例外なく急ぎの仕事ばかりである。印刷屋もいそぐが、新聞社の比ではない。新聞社の仕事をしている限り、どうしてもそれに拘束される。そんなことで市中からの仕事はだんだん減っていった。こんな情勢もまた私に不安を起させたのである。

あるときなど、営業部の主任が十二時すぎに出て来た私をひどく叱《しか》った。新聞社の仕事はちょっとの時間も大事なのだから、君がここの仕事をやる限りは何を排しても間に合うように責任を持ってもらわなければならない、と言った。もっともな次第だが、夜中の一時まで仕事をし、その朝は七時から起きてやっと印刷屋の版下を片付けて出社した私には、十二時過ぎに間に合うのがせいぜいだった。

もし、本社から図案係が来て新聞社からの仕事が無いとなると、私は市中の注文を大事にしなければならない。こんな状態ではどちらを主体にしていいか分らなくなってきた。そこで、Kさんに訊くと、なるほど、大阪からは近いうちに大挙して来るが、図案係はいないから、当分、このままでやってくれと言った。私は思いきって市中の仕事を棄《す》てる決心をした。

新聞社の地方版広告はふえるばかりだった。その頃、日中戦争はすすみ、国内は戦時景気に煽《あお》られていた。私は「祝皇軍北京《ペキン》入城」「祝皇軍大捷《たいしょう》」のカットを何度描かされたか分らなかった。

昭和十三年の五月ごろに大阪本社から新しく支部長と、次長二人、外交主任一人、組付主任一人、校閲部数人という多数の人が来た。私はそれでも一つの机をもらって毎日社員なみの出勤をした。広告の出稿は当然に増えた。

時期も上海《シャンハイ》陥落につづいて南京《ナンキン》入城ということがあり、冀東《きとう》政権成立といった景気のいいニュースばかりがつづいていた。そのたびに地方ながら一頁《ページ》の広告が出る。いわゆる連合広告だがこれが私の相当な収入源となった。

技術の上でもようやく新聞広告にも馴《な》れた。その前に、Kさんはカットにエアブラッシを使ってくれと注文した。私は福岡に行き、手押しのエアブラッシの機械を買って帰ったが、これを使用するとぼかしが大へんきれいにゆく。当時はふんだんにこれを使用したものだが、はじめは馴《は》れないので相当まごついた。技術的には、画用紙の上にうすい紙をフノリで貼り、写真の修正ペンで薄紙の部分を図形に合せて切り、そこにブラッシの噴霧をかけるのだが、これにはフノリが強く効いてもいけず、弱くてもいけず、しばらくは思うようなものができなかった。

こうしてほぼ三年間ほどその仕事をつづけた。その間に長女が生れた。

新聞社の機構はますます大きくなり、人間もふえてきた。この時代のことをざっと流して書けば、わたくしは十四年に嘱託、十七年に初めて正式な社員として入社した。

当時の新聞社の社員の身分といえば、社員、準社員、雇員の三段階に分れていた。大学を出て入社試験を受けて入った者が社員試用で、一名練習生ともいった。これが一年の期間を経て正社員となる。準社員は高等学校（旧制）または専門学校卒程度で、同じく入社試験を受けて入った人だ。中学（旧制）卒は全部雇員。この雇員も準社員、社員と長い年月で進級する仕組になっている。したがって、練習生は初めから幹部候補生的な教育を受けていた。

さて、私の身分だが、常勤嘱託には準社員扱と社員扱とがあったが、私は社員扱で、嘱託を解かれて正式入社となったときは社員の資格にしてもらった。年齢がすでに三十を過ぎていたからであろう。

ところで、当時の朝日新聞は、身分制で、それによって待遇が異った。たとえば、給料日は、社員と準社員が二十五日で、雇員は二十六日であった。紀元節や天長節またはは社の祝日の集りには社員、準社員だけが講堂に呼ばれ、雇員は参加の資格がない。これが雇員たちの劣等感をどれほど煽ったかしれなかった。

# 紙の塵《ちり》

私は朝日新聞西部本社で約二十年間働いたが、はじめの二年間は社外の人間で、その後の二年間は嘱託だから正式な社員ではなかった。それで、残りの十六年間が「朝日の人間」としての在勤期間である。この間に三年間の兵役が挟《はさ》まれている。

朝日新聞社に勤めている間、私は概して退屈であった。生活が最低の線で保障されていたため、一日一日を生き抜いて行くという緊張感を失った。

考えてみると、私にはそれほどデザイナーとしての素質があったわけではない。いわば、ちょっとした小器用さが何かのはずみで職業になったまでである。しかし、その職業的な資格から脱落しないために一通りの勉強はしてきた。たとえば、私は生来悪筆で、どうにもならない文字しか書けなかった(今でもそれと変りはないが)のに、とにかく「版に乗る文字」を書くために苦労し、一応の誤魔化しはできるようになった。

図案も下手ながらどうにか見られる程度には過せた。田舎では適切な指導者も居なければ、互いに励まし合う仲間も居ない。それでも、なんとかして一人前の画工になろうと試み、博多の島井印刷所に行っていたのも、その「学習」からであった。

しかし新聞社の広告部に入ってからは、ただ与えられる原稿通りに描くだけの仕事になった。そこには自分の独創を試みる余地もなければ工夫もなかった。全くのコピー作業である。これは地方には大きな広告主が居ないためで、小さな出稿だけではなんとも腕の揮《ふる》いようがないわけである。東京、大阪から送られてくる大スペースの広告紙型にどれだけ羨望《せんぼう》を感じたかしれない。

仕事の無気力は、生活を空虚にした。大きな機構の中の片隅の職場に居ると、実力の評価は顧みられない。というよりも、存在そのものが認められないのだ。このような下積みの者は絶対に浮び上ることはない。殊《こと》に「西部本社」という名前は付いていても、ここは要するに九州の支店であり、出張所である。現地採用社員は、そこから「本店」に動かされることはなかった。多少の「出世」は、その「支店」の中で主任になったり、係長になったり、課長になったりすることだった。

そのころは東京から九州に転勤してくる社員はめったになく、ほとんどが大阪からやってきた。そうした人たちには二種類あった。一つは、若くして転勤し、九州に二、三年もいると、すぐに東京なり大阪に呼び戻される社員たちだ。いうまでもなく、彼らは「幹部候補生」として実務見習いのための一時の腰掛けにやってくるだけである。これは有名大学を出た「練習生」出身者が多かった。年輩者は次の段階への出世のために九州へ箔《はく》を付けにくる。もう一つは中央では「あまり役に立たない」という烙印《らくいん》を捺《お》されて九州に島流しにされた人たちだった。これにも年輩者が多い。

こういう二種類の転勤組を、何の利害関係もない第三者的な眼で見るのはまことに興味あることだった。しかし、この第三者とは何であろうか。つまりは、そのような転勤の資格さえ無い人間のことである。それをはっきりと思い知らされるのは、転勤のためにその人を駅頭に送りに行くときだった。万歳の声と拍手に送られて栄転者はうれしそうに小倉駅から去ってゆく。駅頭では残留組に、君も早く九州から足を洗って戻ってこいとか、おれもあと一年ぐらいしたら帰るからな、とか言い合う。

しかし、現地採用組にはそんな資格も希望もない。一生九州の外に出ることのない立場は、そのまま生涯の運命を象徴している。この侘《わび》しさは、見送りを終った人々が妙に沈黙してひとりで映画館に入ったり、パチンコをしたりする姿になるのである。一方、中央からきた人々はかたまって飲み屋に入り、「帰参に遅れた」鬱《うつ》を散じた。それでも、この人たちにはまだ将来の希望がある。そこにははっきりと絶望組との区別があった。駅から一人ずつ勝手な方向に歩いてゆく姿を見ると、風に散ってゆく落葉のようだった。

転勤者の中で最も頻繁なのは部長の交替だった。昇進の段階として九州にくるのは恰好《かっこう》なワンクッションだった。大阪本社の次長は部長になってくるが、やがて大阪の部長となって戻ってゆくのである。

かれらはひどく活動的であった。だが、最後は必ずしも希望通りでなかった人もある。印象に残っているのは、Tさんといって二十二、三貫もあろうかと思われる肥大漢だった。背が低いので余計に横幅が広く見えた。やはり大阪の次長だったのを部長となって九州にきたのだが、体格からみても貫禄《かんろく》十分だった。Tさんは鳥取県米子《よなご》の生れで、友だちに生田《いくた》春月や白柳秀湖などがいるといっていた。例によって着任後の懇親会みたいなものが催されたが、社員以上は料亭で芸者付の宴会だった。しかし、雇員は一日後に中華料理店で飯を食うだけである。そのころ私はまだ嘱託にもなっていなかったから、この雇員の会に入れてもらった。

このときのT部長の話は、その友人の影響からか、民俗学、考古学、小説、詩と多岐にわたった。当人もかなりいい気持になって独りでしゃべりまくった。その座には若い人たちだけで、T部長の話に合わせるほどの者が居なかったので、余計なことだが、ときどき私が口出しをした。すると、T部長は仕方なさそうに簡単に答えるだけで、なるべく私とは話したくなさそうであった。それが何度か重なると、私もT部長の私への差別意識を認めないわけにはいかなかった。

なにもT部長の場合に限らない。私が社員になってからでも、他の上役から受けるこの待遇に変りはなかった。たとえば、宴会の席では習慣的に部長や次長が末座にも酌をしに回ってくる。そこで部下の一人一人と短い話を交すのだが、私の前にくると、上役はついと隣の男に移るのだった。なかには、明らかに私の顔を見て面倒臭い表情をする人もいた。これは私が生来の社交下手のせいもあろう。しかし、どの部長も上役もそうだとすると、単に個人的な好みとだけでは片付けられなくなる。そこに意識的な無視がくみとれた。

現地採用組の中でも特に私がそうだったというもう一つの理由は、私が図案描きだということからも来ていたと思う。あるいはこれが大きな原因かもしれない。

図案や版下文字を書くのは一種の「特技」かもしれない。だが、新聞社の広告部という機構の上からは大して有用ではなかった。むしろ、ものの数でないのである。なんと言っても広告部の主流は外交関係だ。いかに専属扱店を叱咤《しった》激励して原稿を集めるかが部長の関心事で、その成績にかかわることである。外交係が大切にされるのは当然だ。同時に図案描き（朝日新聞の場合は意匠係という）が無価値なのも当然だった。

このことは同様に校正係にも言えるであろう。ここは単に原稿と活字とを照合して誤字を直したり、組の体裁を適正にしたりするだけだ。図案係と校正係とが机を一しょに並べていたのも理由のないことではなかった。

部長は何かのときには必ず校正係のことを「縁の下の力持ち」と言っておだて、その地味な努力を称讃《しようさん》した。しかし、ことさらにその価値を口にしなければならないほど日ごろから校正係は冷遇されていた。だから、ここに働いている人たちには一種のひねくれた感情があった。皮肉にも、その仕事に熟練したエキスパートほどその職場から解放されないのである。

広告外交の係に出張が多いのは、内勤者にとって羨《うらやま》しいことであった。外交係は対外折衝で成績を上げなければならぬ苦労はあるが、社を外にして自由に歩き回っていることだけでも他の者を羨望《せんぼう》させた。彼らの行先は博多、熊本、鹿児島、広島であり、ときには大阪もあった。彼らは外から戻ってくると、自分たちの机の周りで仲間と出張先の出来事を談笑した。社内での彼らの仕事は日報を書く以外ほとんど事務らしいものは無かったので、煙草《たばこ》を吹かしながら、脚を組んで勝手な事をしゃべりまくった。彼らの優越意識には鼻もちならぬものがあった。それにくらべ、私たちの机はあわれだった。私は、今でも、昼間から点《つ》いているスタンドの下で活版の降版《こうはん》時間に追われながらせっせと朱を入れている校正係の歯を喰いしばったような姿を泛《うか》べることができる。

広告部の幹部は主に外交係にだけ話しかけた。部長は彼らとは談笑するが、決して校正係や意匠係のところに足を運んでくることはなかった。朝の「お早う」という挨《あい》拶《さつ》が一日のうちで彼の振向いてくれる唯一《ゆいいつ》の顔だった。ときたま次長がこっちにやって来るかと思うと、それは何か校正上に間違いが起ったときである。Aさんといって、すでに頭の禿《は》げ上った校正係主任は、この仕事はよくやって当り前、間違うとひどい目に遭うのでワリの合わないことですよ、とよくこぼしていた。

私の知る限りでも優秀な若い校正係が何人辞めて行ったか分らない。彼らは中学卒（旧）だけだが、いずれも朝日新聞社の困難な入社試験を受けて勇躍して入ってきた者ばかりだった。しかし、やがて、その希望はこの現実の前に凋《しぼ》んだ。どんなに有能でも、中学卒の現地採用者である限り、社内で望みを達することが不可能だと知るからだった。

戦争が激しくなるまで、私はこうした勤めの中で何を考え、何を読んでいたか、さっぱり思い出せない。おそらく何も読んでいなかったのであろう。僅《わず》かに自分の描いているデザイン関係から仲間を持って、作品の展覧会のようなものを開くのが愉《たの》しみなくらいだった。幸い、九州にはそういう仲間がふえて、横の連絡も取れていた。主体は博多のグループだったが、ほかに熊本、長崎に数人の連中がいた。当時は門司鉄道管理局が観光ポスターに力を入れて、その主催で展示会などがあったから、それを中心に仲間の結束が行われていた。会場も福岡だったり、長崎、熊本、小倉と、毎年持ち回りで開いた。あるとき熊本でその会があったが、はじめて阿蘇《あそ》の宿に多勢で泊ったときなど、やるせない新聞社づとめを忘れることができた。

校正係主任のAさんが考古学に身を入れていて、よくその話を私に聞かしたものだった。Aさんは気の弱い人で、若い部下からは多少軽く見られていたようである。それで、たまたま机が私と隣合せていたという関係もあって、私とよく話をした。Aさんは家族が多く、主任でありながらいつも借金に追われていた。ある日、彼の家に遊びに行くと、考古学関係の高価な本が四畳半だかの押入れに一ぱい積み上げられている。ほかに訪ねてゆく者がないとみえ、Aさんはいかにもうれしそうに蒐集《しゅうしゅう》した石器や土器の破片など次々と出して私に見せた。

この人の影響から、私は社のいやな空気を逃れるため北九州の遺跡をよく歩き回った。小遣《こづかい》をためて京都、奈良を歩いたのもその頃である。北九州には横穴の古墳が多い。一晩泊るのは費用がかかるので大てい日帰りだったが、それでも憂鬱な気分が一日でも忘れられて、どれだけ救いになったか分らない。

だが、それも一時の気休めでしかない。結局、そのようなことをしても小さな趣味でしかなかった。趣味は現実から逃避する一時の睡眠剤かもしれない。冷めると、息の詰るような空気の中にまた投げ入れられてしまう。あるとき大阪から転勤してきた東京商大出の社員が、「君、そんなことをしてなんの役に立つんや？　もっと建設的なことをやったらどないや」と言った。この言葉はかなり私に衝撃だった。

実際、九州の田舎を回って横穴をのぞいたり、発掘品を見せてもらったりしても何になるのだろう。考古学で身を立てるというわけでもない。生活にそれほどの潤《うるお》いがつくというほどでもなかった。要するに、将棋を指したりマージャンをしたりすることとあまり変らないのである。

だが、建設的なものをもてと言っても、一体、私に何が出来るだろうか。仮りに些《さ》少《しょう》の才能があるとしても、それを生かす機会はない。貧乏な私は商売をする資金もなく、今さら、転職もできなかった。このまま停年を迎えるかと思うと私は真暗な気持になった。私といっしょに仕事をしていた一つ年上の仲間は、いずれ年を取ったら老眼鏡を掛けて版下を描くようになろうと自嘲《じちょう》していたが、全くそれ以外に途《みち》は無いようであった。

戦争が進んで世間も次第に窮屈になった。私も在郷軍人会などの指導で教練に出るようたびたび催促されたが、すでに三十三にもなっているので、巻脚絆《まきぎやはん》をつけて木製の銃剣を振る気にはなれなかった。社でも下士官の経験のある者がいわゆる社内教練をはじめたが、それにもあまり出なかった。これがあとで祟《たた》った。

戦争が進むにつれて社内も次第に軍事色が強くなった。十二月八日の開戦記念日には、講堂で支社長が白い手袋をはめて開戦の詔勅を読み、全社員は郊外に行進して忠霊塔に参拝した。ある朝、出勤する途中に私は社屋の上に翻《ひるがえ》っている社旗を眺め、いずれその棹《さお》に星条旗が付けられるような想像も起って、こっそり同僚と話した。

職場からは若い年齢順に同僚が戦場に出て行った。部長はいわゆる部会の劈頭《へきとう》に彼らの名前を読み上げて武運長久を祈りはじめた。

Hさんはそのころの西部本社代表で、取締役であった。大そう将棋の好きな人で、そのころ娯楽室と呼ばれる休憩室によく現われては部下を相手に将棋を指していた。Hさんはすでに六十近い人だったが、新聞記者上りらしい磊落《らいらく》さと機敏さとをその身体《み》につけていた。私がこの社の最高幹部に直接ものが言えたのは、たまたまそこに居合せた理由で将棋の相手になったからだった。面白いことに、広告部長はそういうときだけ、横から私ににこにこして話しかけるのだった。

あるとき、将棋の途中に編集局長が入ってきてメモをHさんに渡した。Hさんはそれを一瞥《いちべつ》して、すぐにポケットにねじ込み、眼を将棋盤に戻した。編集局長は緊張した表情で離れた。その日の夕刊に山本五十六《いそろく》の戦死が発表された。メモは、その発表の電話連絡だったのである。このときのHさんの態度は、ものに動じないというよりも、そのニュースを無視していたような姿だった。Hさんは朝日の名社会部長だった。

十七年の十二月に私に召集がきた。赤紙には「教育召集」と書いてあるが、当時は、その名目で戦場に持って行かれる場合が多かったので私も覚悟した。指定された日に検査場に行くと、ほかの召集者からみると年輩者のほうになっている。係が私の顔と令状とを見比べて、おまえ、教練にはよく出たか、と訊いた。あまり出ていないと言うと、ははあ、それでやられたな、とうなずいて言った。この一言《ひとこと》は今でも耳に鮮かに残っている。教練に不熱心な者は懲罰的に戦場に引っ張り出すくらいのことは市役所の兵事係には出来たらしい。人間の生命など、案外こんな一役人の小手先で自由になるものだと知った。市内各地区の教練成績表などを取り寄せて、市役所の兵事係か何かが出席率の悪い者をチェックしたのかもしれない。しかし、これに似たようなことは現在でもどこかで平気で行われているのではあるまいか。幸い私は無事に帰って来たからよかったようなものの、南方の激戦地にでもやらされたら命は無かっただろう。市役所の吏員のほんのちょっとした鉛筆の動かし方で家族六人の運命が狂ったかもしれないのである。――のちに私は、このことをテーマに流人《るにん》の赦免に話をかえて書いたことがある。

そのときの召集は久留米《くるめ》だったが、令状通り三カ月の教育期間で一応解除になった。ところが、この兵隊生活は私に思わぬことを発見させた。「ここにくれば、社会的な地位も、貧富も、年齢の差も全く帳消しである。みんなが同じレベルだ」と言う通り、新兵の平等が奇妙な生甲斐《いきがい》を私に持たせた。朝日新聞社では、どうもがいても、その差別的な待遇からは脱けきれなかった。歯車のネジという譬《たとえ》はあるが、私の場合はそのネジにすら価《あたい》しなかったのである。

ところが、兵隊生活だと、仕事に精を出したり、勉強したり、又は班長や古い兵隊の機嫌をとったりすることでともかく個人的顕示が可能なのである。新聞社では絶対に私の存在は認められないが、ここではとにかく個の働きが成績に出るのである。私が兵隊生活に奇妙な新鮮さを覚えたのは、職場には無い「人間存在」を見出《みいだ》したからだった。

兵営生活は人間抹殺であり、無の価値化だという人が多い。だが、私のような場合、逆な実感を持ったのだ。三カ月の期間といい、その後三カ月してすぐに召集が来て復員するまでの二年間といい、私は自分がそれほど怠けた兵隊ではなかったと考えている。これはなにも軍人精神に徹していたからではなく、それまでの「職場生活」への反動だったと言える。

二度目の召集令は、六月の暑い日に突然やって来た。明日指定の地に行くというとき、私は貧しい本箱を開いて、自分の蔵書に判を捺《お》した。数多くない書籍だが、いずれも私にとっては愛着のあるものばかりだった。私が死んでしまえば、これらの本は知らないところに散ってゆく。それを惜しむあまりに、急につくらせた蔵書印を一冊ずつ叮寧《ていねい》に捺したのだった。そのころ三つになる長男が印肉壺《つぼ》を両手に持って私が捺《なつ》印《いん》しやすいようにしていた。兵隊になってからも、その本棚の前の子供の姿が長らく忘れられなかった。

# 朝鮮での風景

六月の暑いある朝、私は父といっしょに福岡の兵営の入口にきた。兵営は城の中にある。見送りの者は濠《ほり》の傍《そば》で止められ、入隊者は細い道を歩いて行った。私はスフのよれよれの国民服に粗末な奉公袋を下げていた。左手に昔のままに黒塗りの城門がある。私があとも見ずに石垣を曲りかけると、背後から父が私の名を大きく一声呼んだ。ふりむくと、遠くなった父が片手をあげていた。私は、それにうなずいただけで、黒い門をくぐった。そこで互いの姿は見えなくなった。父の声は、咽喉《のど》から絞り出たものであった。

私は父が家に帰って母に様子を話しているのが想像できた。父はあまり泣きごとは言わないほうだったが、よく泪《なみだ》を流した。何か感動的なことを言うと、自分で話しながら鼻を詰まらせ、声が変になった。小さいときから、私は父の話にその泪声をどのくらい聞いたかしれなかった。母は他人のことでも、気の毒な話だと、袖《そで》から襦袢《じゅばん》のさきを出し、「やれのう」とか「可哀《かわい》そうにのう」とか言って泪を拭《ふ》いた。私は、暑い営庭に整列しながら、暗い家の畳に坐《すわ》って泣き合っている両親を考えていた。父は鼻から水洟《みずばな》を流して煙草《たばこ》を喫《す》っている。母は顔に手拭《てぬぐい》を当てて突っ伏している。この老父母にくらべると、子供を抱いている私の妻の影は薄かった。

私の召集はニューギニアの補充用であった。入隊後一時間でそれが分った。どこで聞いてくるのか兵隊たちは自分の運命に敏感であり、正確であった。兵舎に入ると、三ヵ月前に教育召集で久留米にいっしょにいた前田という男と中田という頭の禿《は》げた男とがいた。私を入れて三人とも三十三、四歳だった。久留米ではもっと若い連中が何百人もいたのに、今度の召集でたった三人とは奇妙であった。それも大きな動員なのである。中田はガラス屋の職人、前田は炭坑町の八百屋であった。どちらも在郷軍人会の教練にはあまり出ていなかったらしい。

ニューギニア行ということが分ると、新しい兵隊達の上に絶望感がひろがった。南方占領地での敗戦と激戦とは誰もが知っていた。新聞がはっきり報道しないことが、かえって真実性を持たせた。「今度は駄目らしい」と古い兵隊たちは言っていた。兵長とか上等兵の襟章をつけている古い召集兵ほど蒼《あお》い顔をしていた。

福岡の兵舎には五日間いたが、一時の宿かりなので講堂のようなところに雑然と寝泊りした。まだ秩序もなく、在郷軍人の集りのように「地方語」で話し、上下の区別はなかった。たいした教練もなかった。大濠《おおほり》公園で駈足《かけあし》をしたり、武運長久を祈りに宮参りなどした。教育召集で虐《いじ》められた私は勝手が違った。しかし、そんな気楽さが味わえるだけに野戦の空気が濃く、死の予感があった。

出動は未明だった。雨が降っていた。兵営から博多港の埠頭《ふとう》まで、人のいない街を通った。電車通りを歩いていると、朝の早い店の者がおどろいてわれわれの隊列を見送った。兵隊たちは押し黙っていた。強い雨の中を女の影が何人かあらわれて、執拗《しつよう》に列を追い、その中の夫を探した。暗いので顔は分らなかった。女たちは、すぐに警戒の憲兵に阻《はば》まれた。彼女たちは兵隊の行進に遅れないよう絶えず小さく駆けた。その人数も次第に増えた。面会禁止だったのに、未明の極秘の出発は洩《も》れていたのである。

われわれは釜山《ふざん》行の連絡船に乗せられた。ニューギニアに行くには、一度、京城《けいじょう》に行き、そこで、東京、大阪から来る召集兵と落ち合って兵団を編成するのだった。船室の丸い窓から九州の山が消え、海だけになると、駆逐艦が一隻《せき》、横を走っていた。私は絶望的な運命に捉《とら》えられた自分を海の上で知った。父も母も、妻も子も、新聞社も自分の縁のないところに飛び去っていた。

釜山で初めて朝鮮の景色を見た。長い間汽車に揺られて京城の一つ手前の駅の竜山《りゅうざん》で降りた。ここにも雨が降っていた。くすんだ色の街を歩き、練兵場に着いた。赤土の泥濘《でいねい》だった。どの兵隊も顎《あご》から雫《しずく》を垂らしていた。福岡からわれわれを輸送してきた下士官たちは去り、受領した新しい命令者がわれわれを兵舎に導いた。竜山の二二部隊といった。

はじめて、まともな内務班に入ったが、今まで雑然と混合された無秩序もここで階級による身分差別を回復した。私はそれまで気易《きやす》く地方語で話しかけていた一等兵に殴られた。

われわれがこの兵舎に到着したとき、先に出発する予定のニューギニア行の要員がすでに毎日訓練されていた。訓練は輸送船が撃沈されたときに海にとび込む練習ばかりだった。滑り台のような高いところに上って砂地にとび下りるのである。泳ぎに自信のない私は、それを見ただけでも死を観念した。

その組の中に、久留米の教育召集のとき、自分たちに辛《つら》く当った衛生兵長がいた。前田がそれを知らせに来たので、彼に連れられて講堂に行くと、田中というその兵長は伍長《ごちょう》になっていた。久留米にいたときは元気者で、彼はわれわれを一人で制裁したものだが、会ってみると、あぐらはかいていたが悄然《しょうぜん》としていた。「今度はもう駄目たい。おまえたちも覚悟してあとから来いよ」と田中伍長は少し微笑《わら》った。彼は死の仲間がふえるのを喜んでいるようにもみえた。「あの兵長も変ったのう」と人のいい前田が帰りに呟《つぶや》いた。その補充兵団は、われわれの知らないうちにそこから居なくなった。伍長の言葉通り、ニューギニアに届かないうちに船が撃沈されたとの噂《うわさ》を聞いた。田中伍長が助かったとは思えなかった。

私はこの兵舎の周囲を何気なく歩いてみた。柵《さく》は低かった。すぐ前には白衣の朝鮮人がのんびりと歩いている道路があったが、柵と道路の間には五尺ばかりの溝があった。その溝はそれほど深くはなかった。私でもそれはとび越せそうであった。私は何日間にもわたって、それを目測した。この付近は民家がないので、夜になると、道路には人通りが絶える。柵の位置によっては歩哨所《ほしょうしょ》からも遠かった。

私は、はっきりとした意図でそんな場所を検分して回ったわけではなかった。しかし、その可能性を確かめただけでも、いくらかは救いになった。もし、何かの条件が少しでも加わったら、私は脱走兵になったかもしれなかった。しかし、そのうち、飛び越せそうな柵や溝を見ても魅力をおぼえなくなった。断念させたのは、朝鮮海峡の存在と、残した家族の生活保障であった。

私は新聞社に入るまで、安定した生活を得るために自分なりの苦労をした。収入の有利を棄《す》てて社員になったのも、戦争の進行が必ず私を兵隊に狩り出すだろうと予想したからだった。だが、そのことがなくとも私は新聞社の社員になったに違いない。その月の収入はあっても、保障されない生活は絶えず不安がある。家族の多かったことも自分を臆病《おくびょう》にし、勇気を失わせた。いま兵隊に取られてみると、最低の生活費ながら、とにかく新聞社から家族に給料が行っていることは安心だった。この保障を失うことは許されなかった。

兵隊生活の丸二年、私は何をしたであろうか。

家族は妻の郷里の田舎に疎開《そかい》していた。父からの手紙によると、毎日畑仕事をしているとのことだった。百姓の手伝いで、新聞社の送金の不足を補う暮しがどのように苦しかったかは、私に分るはずはなかった。

幸いなことに、ニューギニア行は中止になった。すでに輸送する船が無くなっていたのだった。

京城の兵営にはよく東京からの召集兵がやってきた。幹部候補生の学徒兵もいた。ある晩、その連中が内務班の毛布の上で「横光利一は黙々として『旅愁』を書きつづけているな」と仲間と話し合っていた。

私は、小説などほとんど読めなくなっていたし、読もうともしなかった。「旅愁」がどのような作品なのか少しも知識がなかったが、学徒兵の一語で灰色の兵舎の中でぽっと赤い色を瞼《まぶた》に点じられたような気がした。

兵営の中で小説を読もうと思えば読めないこともなかった。もちろん、外から持ち込まれるものにはそういう種類の雑誌は無い。だが、私は衛生兵だった関係で公用証を貰《もら》って単独外出ができた。中隊の事務所に行って軍曹に、中隊備付の薬品が欠乏しているので、市内の薬問屋から応急手当の薬物を買ってくる、というのである。

東京の学徒兵の一人に神田の薬品問屋の若旦那《わかだんな》がいた。取引の関係上、京城に知った問屋があるので、もし薬で不便なことがあればそこに行って自分の名前を言えば多少の便は図ってくれるはずだ、と教えた。彼がそう言ったのは、古兵に対する新兵らしい阿諛《あゆ》からであろう。私は特別に彼に目をかけてやったこともないし、それほどの仲でもなかった。

今から考えると、よくそんなことで公用腕章を渡してくれたものだと思うが、その店は賑《にぎ》やかな通りにあった。彼の名前を言うと、大きな瓶に真黒なヨードチンキの液を充《みた》して渡してくれたが、金は取らなかった。もっとも中隊からは一銭の薬物代が出たわけではなかった。

戦局が急迫していたので、兵隊の日曜外出は一切禁止されていた。下士官だけが外出の特権を許され、ほかの者は営内休養という名で拘禁された。その薬を買いに行く途中で私は古本屋をよくのぞいた。小説本も古本で買ってこれないことはなかったが、そんなものを読むと社会が恋われてやりきれなくなりそうなので、店の棚に並んでいても手に取らなかった。

公用腕章を付けているので、私は市内のどこを歩くのも自由だった。日本人の町よりも、朝鮮人居住区域を徘徊《はいかい》した。鐘路《しょうろ》あたりの裏町はエキゾチックな気分を味わわせてくれた。ただ、そんな通りをひとりでうろうろしていれば憲兵に訊問《じんもん》されそうな惧《おそ》れはあった。

中隊付の衛生兵の勤務は、中隊に付属しているのか、連隊の医務室に従属しているのか、よく分らないところがある。その点は両棲《りょうせい》動物のようなものだった。起床後の点呼を受けて飯を食い、医務室へ出かける。ここでも医務室だけの点呼がある。それから勤務に就くのだが、医務室には薬品、診断、給与室と各係が分れていた。私は診断室係となって、診察する軍医の傍で診断簿を書いたり、薬室に回す薬品の名前を書き入れたりした。

この勤務は楽だった。診断は朝の九時からはじまる。たいてい午前中で済んでしまうので、あとは診断簿の整理などをやっていればよい。中隊に帰るのが厭《いや》になると、何かと理由をつけて点呼直前に内務班に戻ったりした。

朝鮮の秋は美しかった。小高い所にある医務室のまわりにも空に亭々《ていてい》と伸びるポプラの木立がある。葉の茂っているときもいいし、裸の梢《こずえ》ばかりのときもいい。秋には鵲《かささぎ》が巣をつくりにくる。鵲は朝鮮烏《がらす》といって佐賀平野には多い。

冬になると、大きな川も小さい流れも真っ白に凍る。入浴場でも、脱衣場の天井から落ちた滴《しずく》で板の間に氷塊ができる。燃料は無かった。部屋の隅にとりつけられた巨大なペーチカは底のほうに泥炭が少しばかり燻《くすぶ》っているだけで、背中をこすり付けてそれが暖房具だと確かめられる程度だった。

京城薬専から来た学徒兵が見習軍医士官となっていた。彼は二十二、三くらいだったが、面長のなかなかの美男子だった。私は彼から手紙を預って公用証を貰い、総督府横の付属病院によく出かけた。手紙の宛先《あてさき》は薬局の女だった。三十五歳の私は、この青年に恋文の使いをさせられた。

彼女は、二十三、四くらいの、なかなか愛嬌《あいきょう》のある丸顔の女だった。外来患者のためにちょっとした売店があり、子供の玩具《おもちゃ》なども売っていた。そのころ次男が三つぐらいになっていたので、私は疎開先に宛て玩具を送ってもらうように彼女に頼んだことがある。

薬専の付属病院に行くには総督府の博物館の脇《わき》を通る。公用証は持っているが、さすがに博物館まで入って行く勇気はなかった。入口は壮麗な朝鮮宮殿の楼門となっている。私は、その朱《あか》い門を見上げながらむなしく前を往復した。その見習士官はやがて南方に去ったが、彼の生死は分っていない。私の臨時外出も数が少くなった。

その外出のときのことだが、新聞社の支局に二、三度寄ったことがある。支局では次々と召集者を出して手不足になり、営業の人が三、四人ぐらいではなかったかと思う。そのうち東京から来たという二人の男が社内の様子など話してくれた。重苦しい軍隊からはじめて職場の空気を少しばかり吸った気になった。しかし、一体、いつになったら元の身体《からだ》に戻れるだろうかと、兵舎に帰るたびに気落ちがした。

中隊の出入口には新聞の掲示板があり、そこには一日遅れの「京城日報」が貼《は》り出されていた。もちろん、戦争記事ばかりで、南方の戦局では「転進」の活字がふえていた。その片隅に宇垣大将が上海《シャンハイ》に飛んだという小さな記事がのっていた。見出しが一段組のコミ記事には不似合いなくらい大きな活字だった。

記事は単に宇垣大将が上海に行ったというだけだが、見出しの太い活字は編集者の意図を報《し》らせているようであった。政治家としても策略家の宇垣一成の上海行が何を意味しているか、私は自分なりに想像した。終戦工作だと考えて、ひそかに胸を躍らせたものだった。

すると、間もなく東条英機内閣の辞職が報じられた。後任は小磯《こいそ》国昭大将とある。私は宇垣の終戦工作が成功したと信じたが、小磯談話は「聖戦はあくまでも続行する」と発表されていたので、私は落胆した。それとなく中隊の事務室の動き、反応も注意したが、変化は見られなかった。

空襲は朝鮮に一度もなかった。春になって青い空に敵機の飛行雲がたなびくことはあるが、高射砲がむなしく鳴るだけだった。空襲警報もない。そのうち東京と大阪からひどく年寄の兵隊ばかりが送られてきて別棟の兵舎に収容された。彼らの口から初めて東京と大阪が廃墟《はいきょ》になったことを知った。その兵隊たちは暗い顔で舎内に悄然とうずくまっていた。

一年経《た》って、私は京城の兵営から出た。朝鮮の西海岸の防衛に当る新兵団が編成され、その中に繰り込まれたのだが、阪大教授だった大尉《たいい》に連れられて、私はその師団の軍医部付になった。

新しい兵団は南朝鮮の全羅《ぜんら》北道《ほくどう》井邑《せいゆう》という土地に置かれた。防衛範囲は群山《ぐんざん》を北限とし、南は木浦《もっぽ》、済州島《さいしゅうとう》にわたっていた。久留米からの戦友だったガラス屋の中田は済州島に行き、前田は海岸近くの陣地構築に赴いて離れた。

軍医部の構成は部長が少佐で、その下に大尉一人、大阪の心斎橋で大きな薬屋をしている老薬剤中尉が一人、あとは准尉《じゅんい》一人、歯科医の軍曹一人、伍長二人であった。兵隊は上等兵の私と、一等兵一人というあわれなもので、私は最後まで飯炊《めした》きや、食器洗い、洗濯などの雑用に終始した。

兵舎は土地の農学校を接収して置かれた。屋外居住は大尉以上で、中尉以下は生徒の寄宿舎に分宿していた。この寄宿舎は細長い棟になっていて、床は温突《オンドル》のために油紙が貼ってある。だが、せっかくの温突も燃料が無いため寒い冬に一向に役立たなかった。

軍医部長は現役なので、ひとり元気だった。彼は肥えた男で、いつも、睡《ねむ》たげな眼つきをしていた。部長室と、いわゆる事務室とは、間に衝立《ついたて》を立てて仕切られてある。部長少佐は、宿舎から馬に乗ってきて夕方帰ってゆく。その間、師団長室に行っていることが多く、帰って顔を見せると、部下の医官たちを叱《しか》り飛ばした。その叱り方が合理的なので、頭のいい人だと知った。自分のことを「おらが、おらが」といっていた。

そのころの私は何も考えることはなかった。飯あげ、使役、洗濯、掃除以外には仕事はなかった。こんな動物的な生活では頭が鈍化してゆくばかりだった。

前に、京城の古本屋をのぞいたことを書いたが、私はそこで中学三年くらいの英語の古教科書を買い、軍服の下に忍ばせて内務班に持ち帰った。それを医務室の庭の、誰もいないところでこっそりとひろげた。これは何も私に向学心があったからではない。こういうものでも見ていないと生きていられないような気がしたからだ。小説の類《たぐ》いは、自由な社会への絶望的な誘惑に駆られて、かえって暗澹《あんたん》となりそうなので、一切眼を閉じていた。英語の本だとそんな現実感は起らない。独房に入った者が語学をやる心理であった。

ただ、こんな「敵性語」の本をこっそりひろげているところを発見されると、どんな処罰をうけるか分らない心配はあった。この教科書で私の分らないところを教えてくれた朝鮮人の志願兵がいた。この学徒兵は、ある日、忽然《こつぜん》と居なくなった。反戦運動と独立運動をしていたというので、他の朝鮮人志願兵数人と憲兵隊に拉致《らち》されたのだった。

# 終戦前後

敗戦の色が濃くなっても、この朝鮮の片田舎にその影響はあまりなかった。兵隊は暑さだけに苦しんだ。

沿岸警備の前線部隊がどのような状況なのか、井邑《せいゆう》の町の司令部にいる私には分らなかった。ただ、食糧がひどく不足していることだけは察しがついた。大体、この地帯は南朝鮮の穀倉といわれるくらい田圃《たんぼ》がひらけている。米には不自由しなかったが、副食物は欠乏した。海岸地帯の兵隊は野草を食っていたらしい。脚気《かっけ》患者が続出した。軍医部では、どのような野草が食糧になるか指示する必要を感じた。軍医部に厚い植物図鑑が持ち込まれ、その図版の中の食用野草を私が謄写《とうしゃ》することになった。絵の上にうすい謄写紙を当て、上から鉛筆でなぞってかたちをつけ、ヤスリの上に鉛筆で描くのである。

この仕事は愉《たの》しかった。私は一枚の葉にも精密な描写をした。ゆっくり時間をかけるぶんには構わなかった。こんな時間には、自分が兵隊になっているような気がしなかった。

野草を二十幾種か描き上げ、謄写版に刷った。これは十頁《ページ》ぐらいの小冊子に綴《と》じて前線部隊に配布された。

しかし、これには色がついていなかった。素描だけでは甚《はなは》だ物足りないのである。軍医部長も、これは師団長に見せたいから色を塗ってくれと命じた。町から水彩絵具を買ってきて、原色図版を見ながら私は丹念に色づけした。二冊ほど色彩をつけると、軍医部長はそれを師団長のもとに持ってゆき、師団長の満足を得たといった。むろん、私の絵の仕事が兵隊の軍陣食糧にどれだけ役立ったかは甚だ疑問だ。兵隊たちは、そんなぺらぺらの謄写版の絵など見向きもしなかったであろう。

軍隊というところはそんなものだ。役に立たないことが、さも有用げな仕事として通用する。戦争の過程でどれだけ大きな無用が有効そうに通用したか分らない。だが、これは軍隊だけではなく、官僚的な大きな組織には必ず存在していることである。

師団長は神さまであった。参謀長も、兵器部長も、軍医部長も、予備役から引っぱり出されたこの老人にひどく気をつかっていた。便所は閣下用のものが特別にしつらえられ、高級将校もここは使用できなかった。閣下は歯を痛めておられた。町から特別に歯科医療機械が司令部の廊下に据え付けられた。歯科医の下士官が閣下の治療の専任となった。

軍医部事務室では、その歯医者の下士官を含めて六人の将校と班長とがいた。この狭い農学校では将校室を造るだけの余裕はなかった。薬剤将校が絶えず軍医部長に叱られていたことは前にも書いた通りだが、准尉もこの少佐とは円滑にはゆかなかった。しかし、准尉には長い軍隊生活の経験と知識がある。京城の朝鮮軍司令部の一枚の報告書類でも准尉なしには作成ができない。准尉のこの力は将校以上に軍医部長と対抗させた。技術の強みである。軍隊には煩瑣《はんさ》な書類操作が多い。戦争をしているのにふしぎなことだが、官僚主義に書類は付きものである。

師団長の宿舎は、この町の日本料理店が当てがわれた。そこで彼がどのような私生活をしていたかはさだかでない。だが、まだ少数ながら芸者もいたし、女中もいる。共同外出すらできなかった兵隊は師団長の特権を羨《うらやま》しがった。

軍医大尉の下宿は日本人の私宅だった。戦死した軍人の未亡人と、その老母と二人暮しであった。何回もその家に使いにやらされた私は、三十二、三のおとなしい未亡人が今でも印象に残っている。

入浴は町の日本人経営の銭湯に集団で行った。将校も同じ風呂《ふろ》に入る。時間割で将校が入るのはゆっくりとしたときだ。風呂屋の女主人は、日本人の誰かの二号さんということだったが、将校連は、その母屋《おもや》でよく話し込んでいた。風呂屋の畑に玉蜀黍《とうもろこし》が一ぱいに伸びている。その葉の上にかかった夕月は私の気持をなごませた。

こんな生活だと、戦争などどこで起っているかと疑いたくなるくらいだった。僅《わず》かにそれらしい雰囲気は、司令部近くの朝鮮人の防空演習だった。「隣組の班長さん、警戒警報です、警戒警報です」とメガホンで伝えている。だが、一度も実際に燈火《とうか》管制があったことはなかった。われわれは朝鮮人の防空演習を見るたびに戦争の現実感を失った。

ホンモノの軍隊では演習をやるわけではなし、特殊な訓練を施すでもなかった。毎朝の朝会に将校たちが集り、体操をやる。そのうしろについている数少ない兵隊は、老人たちの手の動かし方を笑止の思いで見ているだけだった。この校庭からは緩やかな丘が見える。一本の道がついていて、上部が峠になっていた。どこからどこへゆく道だか分らない。その峠を見るたびに、兵隊などではなく、自由にひとりであの峠を越せたらと、いつも考えた。

夕方、朝鮮人の家々に灯がつく。空の一方に落日後の澄んだ蒼《あお》い色がたゆたっている風景はこよなく麗《うる》わしかった。風景の細部が暗く溶けるにつれて灯の輝きは冴《さ》えてくる。最後に丘の上のポプラが見えなくなる。こんな時がいちばん故郷を想《おも》わせた。

日中の暑さが増してきた。暑いときで三十七、八度近くなる。帽子をかぶって外を歩くと忽《たちま》ち眩暈《めまい》がしそうになる。軍服の肩に手を当てると、指先が焼けるくらいに熱しているのだ。だが、湿気が少ないので家の中や木の蔭《かげ》は涼しかった。朝鮮人の白い服はまことに涼しくみえる。

そんな暑い八月のある朝、今日は陛下の録音放送があるから、全員司令部の庭に集るようにとの達しがあった。どんなに「盆地」の中にいようとも敗戦の空気は流れる。われわれは天皇がみずから戦局の挽回《ばんかい》に士気を鼓舞するのかと思った。も早、いかなる将軍の鼓舞も効果がなくなったので、最後に天皇の督戦が必要になったのだろうと考えた。

校庭に全将校以下兵隊たちが集合した。古臭いラジオが正面に取り付けられた。放送時間が切迫すると、師団長が抜刀し、兵隊は捧《ささ》げ銃《つつ》の準備をした。しかし、声というよりも雑多な音が鳴りはじめたにすぎなかった。その合間に何やら人間らしい声が単調に挿《はさ》まっていた。それはとうてい言葉というものではなかった。われわれは炎天の下で、このけたたましい雑音が聞えている間じゅう、それに向って捧げ銃をつづけた。

ようやくラジオが終った。結局、何が何だか分らなかった。天皇の声は荘重に澄んでいるとばかり思っていた兵隊たちは案外な顔をしていた。放送が済んで、参謀長が師団長に代って前に出てくると、ただいま畏《かしこ》くも玉音で勅語を賜ったように、この未曾有《みぞう》の難局に皆は一致して当らなければならないと、あまり生気のない声で訓示した。思いなしか参謀長の顔にも当惑げなものが出ていた。

その儀式が済んで私は事務室に帰ったが、軍医部長の姿はなかった。下士官室では玉音が聞えなかったことを東京から遠い地域のせいにし、朝鮮海峡の影響だろうと言った。ばかな話だが、朝鮮海峡は海底ケーブルで京城放送局と有線直通となっている。だが、あまりにひどい雑音を朝鮮海峡のせいにしても少しも不合理には考えられなかった。

それから二時間ばかりは何のこともなかった。下士官たちはいつものように煩《わずら》わしい書類を作っている。兵隊は洗濯をしている。外は暑い陽がけだるく降りている。日本が敗《ま》けて米英に無条件降伏したらしいという噂《うわさ》が伝わったのは三時過ぎであろう。噂は暗号兵から流れてきた。奇怪なことに、師団長も参謀長もその次第を何日経《た》っても兵隊に告げるではなかった。

司令部の中には雑役として朝鮮人を軍属の資格で使っていた。彼らは翌日から明らかにふてぶてしい態度となった。おどろいたことに、それまで防空演習をやっていた朝鮮人の町が翌朝から一変し、日の丸の旗を改造した大極旗が一斉に掲げられたのである。

敗戦のことは何一つ告げられず、われわれの銃も帯剣も朝鮮人側に引き渡されることになった。だが、夏のことだし、入浴はやはりつづいた。われわれから奪った帯剣は朝鮮人青年の腰に巻かれ、銃は肩に担《かつ》がれた。彼らは隊伍《たいご》を組んで通りを行進した。司令部の歩哨《ほしょう》すら丸腰になった。

京城の空気がどのようであったかはここでは分らない。ただ、一人の下士官が飛び込んで、香月軍司令官は関東軍と協力して朝鮮軍だけでもロシアと戦うという情報を伝えてきた。これでやっと日本に帰れると思っていた兵隊たちは、顔の上では湧《わ》き立ったが、うんざりとなった。

司令部の高級将校たちは動揺していた。井邑の町の日本人のおもだったところが頻々と司令部を訪ねてくるようになった。彼らは朝鮮人が暴動を起した場合、司令部に逃げ込んでくるから保護してほしいと頼んでいた。実際、田舎の駐在所は朝鮮人に襲撃されて、巡査や、その家族が殺されたところもあった。

将校たちの動揺は自分の身の行末にあった。丸腰になった軍医部長は日本人会の会長と会って、師団長閣下は自決を覚悟しておられると話していた。その頃はまだ陸軍大臣の自決などはわれわれには伝わっていなかったので、連合国がドイツの陸軍首脳部を処刑した例などからして、日本の高級将校は自分たちも死刑は免れられないだろうと思っていた。軍医部長も死刑はともかくとしてアメリカから投獄されるぐらいは覚悟していたらしい。

そのうち、京城からアメリカの将校が乗り込んできて、日本軍の兵器一切の引取りを完了するという話が伝わった。この師団麾下《きか》の銃器弾丸が続々と井邑の町に集結された。

そんなある日、将校達は日本人会長と会い、アメリカ将校団への奉仕のことで打合せをしていた。彼らは、日本人の女性を差し出さなければなるまいと話していた。その場合、娘さんは困るから、一般の奥さんで適当な人を考えてほしいと会長に要望していた。

話し声はただそれだけだったが、内容はおよそ推察がついた。高級将校には、日本軍の将校がかつて中国大陸に赴いたとき同じ待遇を要求したことが頭にあったようである。このことは彼ら高級将校が戦争犯罪の軽減を願う手段として考えられたと思える。私はモオパッサンの「脂肪の塊り」を思い出した。

しかし、アメリカの将校が兵器受領に来て京城に帰っても、「脂肪の塊り」のような場面は聞かなかった。アメリカ将校連は紳士的にふるまったらしい。だが、実際のことは今でも私には分っていない。

前線部隊が先に送還列車に乗り、司令部の列車は最後になったが、これは井邑在留の一般日本人と共同だった。印象的なのは、列車が駅を離れようとする前に、例の風呂屋のおかみさんが長く連結された車輛《しゃりょう》の窓をのぞいて誰かを求めるように走り回っている情景だった。私は軍医大尉の下宿していた家の若い未亡人がこの列車に乗っているような気がしたが、遂《つい》に遇《あ》えなかった。

間もなく列車は山越えした。停った駅は「秋風嶺《しゅうふうれい》」とある。いい名前だと思った。その頃、私はむろん小説などを書こうとは思っていなかった。兵隊の間は飯上げと、洗濯と、寝るだけであった。一切の思考は死んでいた。頭脳は動物化していた。だが、いよいよ解放されて帰国となると、再び七人の家族を抱えた生活の重みが感じられてきた。

夜が明けて、昼ごろ大邱《たいきゅう》の駅を通過した。川沿いの路《みち》を、若い日本人の母が幼児を抱き、出征兵士を見送るときのように日の丸の小旗を振りながら列車をめがけて駆け寄っていた。

釜山の手前の二つ目ぐらいの駅で、列車は一晩と一日停ったきりになった。前の列車が米軍の検閲にひっかかって、先がつかえているということだった。列車の中は満員で蒸し暑かった。兵隊たちは列車を降りて、線路の横にある禿《は》げた丘陵に登り、シャベルで夥《おびただ》しい穴を掘った。つまり、われわれ列車の乗客の糞尿《ふんにょう》処理である。褐色の斜面は、蜂《はち》の巣のようになった。女たちのためにはなるべく木の茂った蔭がえらばれた。

やっと汽車が動いた。釜山に着いたのは夜で、駅の構内には武装のアメリカ兵が警戒に立っていた。背広のアメリカ人が腰にピストルを下げてわれわれの長い行列を眺めていた。駆逐艇の照明灯が真昼のように眩《まぶ》しく照らしている。

ここで私はHという戦友と再会した。彼は前線部隊にいたのだが、朝日新聞社員ということで親しげに私のところに来ていた二等兵である。社では外報部員なので、英語がよくでき、そのため通訳としてここに残されているのだと言った。彼は久しぶりに自分の特技が生かされると思ってか、いかにもうれしそうに笑っていた。背の高い男で、いつも髭《ひげ》で真黒な顔をしていた。——この男は、後年、英語ができるために特派員としてアラブ連合国に赴く途中、飛行機がインド洋に墜落し死亡した。あのときのうれしそうな顔がまだ私の眼に残っている。

乗船した連絡船は夜の海峡を渡った。も早、博多から朝鮮に渡る途中怯《おび》えた敵潜水艦の出没はなかったが、米軍の機雷は到る所に浮流していた。

夜明けにひどく風光明媚《めいび》な港に近づいた。海の中に尖《とが》り立った岩の島が点在している。私は青海島《おうみしま》ではないかと思ったが、果してその港が山口県の仙崎だった。

そこで上陸となったが、軍隊はすぐに解散するのではなかった。兵隊たちは将校といっしょに民宿となった。呆《あき》れたことに准尉《じゅんい》はまだ師団司令部宛《あて》の書類作りをしていた。このまま汽車に乗って帰郷しても一向に差支《さしつか》えないように思われたが、やはり私にはその勇気がなかった。この三日間の民宿は、朝鮮の兵営にいた一年にも相当するくらい退屈で苛立《いらだ》たしく感じられた。そこでは相変らず私は将校や下士官たちの飯炊《めした》きをした。

兵隊の中には早速郷里に電報を打つ者もいたが、私はそれをする気になれなかった。一着の新しい軍服と、毛布と、軍靴《ぐんか》とを詰めた袋を背負い、混雑する列車で九州に向った。何も考えていなかった。

# 鵲《かささぎ》

下関からようやく腰を下ろした列車が、佐賀県の神埼《かんざき》という駅に着いたのは翌日のひる前だった。私は一睡もしないで車中の混雑に立往生していた。

ホームに降りたとき、私はふしぎな解放感に浸った。それは軍隊からやっと抜け出たというためでもなければ、便所にも行けない汽車から降りたためでもなかった。いま、私はたった一人であった。これから二里の道を歩いて両親や妻子のいる家に戻るのも、ひとりでどこかに逃げて行くのも私の自由であった。なぜ、そんな考えが起ったのか。

一人息子ということで、小さい時から必要以上に両親は私を拘束した。それは息苦しいほどだった。ひとりで勝手な行動ができる友だちを、どれほど羨《うらや》しく思ったかしれなかった。それは、この立場に置かれた者でなければ理解はできないだろう。

前に久留米で三カ月ほど教育召集を受けたときも、日曜ごとに父は面会に来ていた。一時、除隊になって小倉に帰るときも、父は私の身柄をしっかりと受取るように迎えにきた。列車の中では同じ中隊にいた者が五、六人乗っていたが、彼らには家族の出迎人はなかった。その連中は牢獄《ろうごく》生活から解放された囚人のように車内で騒ぎ、車掌がくるたびにわざと軍隊用語を使ってふざけた。年老いた父の傍《そば》にじっとしている私には彼らの単独がどれだけ羨しかったか分らない。父の過剰な愛情を呪《のろ》わしく思った記憶は多い。

しかし、考えてみると、老いた両親は一人息子の私を頼るほかはなかったのである。私が朝鮮の井邑《せいゆう》にいるとき、父は手紙をよこして、

「地図で捜してみると、井邑は釜山《ふざん》から近いようだ。釜山は下関から連絡船で一晩寝れば翌日の昼には着く。もし出来ることなら、井邑まで行ってみたい」

と書いた。これは嘘《うそ》のない愛情である。

だが、物心がついてからの私には自由はなかった。だから、二年間の軍隊生活は家族から離れているということで一種の自由感があった。いやでならなかった軍隊生活だが、その自由さだけは一種の生き甲斐《がい》といったものを私に与えた。

両親がいる上に私は妻と子供を得た。私の自由はいよいよ封じられた。脱出の隙《すき》は閉じられていた。その家庭に、いま、脚絆《きゃはん》を巻いた靴が私の身体《からだ》を運んで行くのである。逃亡の空想は、田舎道を辿《たど》るにつれて少しずつ失われてきた。

神埼の町は佐賀平野の中にある。狭い町を通り越してゆくと、一本の川の傍に出る。道はそれに沿って櫨《はぜ》の木の多い平野に入る。山は遠く、見渡す限りの田圃《たんぼ》にはいくつもの掘割があった。径《みち》には翼の白い鵲が歩き、高い櫨の樹《き》の上にも飛んでいた。

この鳥は、かつて京城の医務室の前でもたびたび見たもので、佐賀地方ではカチカラスと呼び、普通のカラスとは異った啼《な》き方をする。その川に沿った土手路《みち》を一里も歩くと、田圃の中に一むれの聚落《しゅうらく》がある。そこが妻の生れた村だった。

毛布で作った袋を背負い、その実家の百姓家の表に立つと、背の高い妻の母がびっくりして、

「いつ帰んさったかんた？」

と眼を剝《む》いた。電報でも打てば駅まで迎えに行くのに、と言い、妻の兄夫婦を呼び立てたりした。

両親と妻子がこの人たちの世話で別な村に家を借りていたのは、朝鮮で受け取った手紙で知っていた。そこまで連れて行くというのを私は断って重い荷を肩にずり上げた。

道は曲りくねっている。再び川の傍に出て小さな橋を渡った。何度かこの辺に来たことのある私も、この村は初めてだった。橋のあたりには農家が十軒ばかりならんで

いた。どの家も軒に藁《わら》を夥《おびただ》しく積んでいた。

橋を渡って道を下ると寺がある。小学校の子供が五、六人歩いてきていた。私は立ち止り、淑子という生徒がいるか、と訊《き》いた。長女の名で、小学校三年生のはずだった。その生徒も女の子だったが、

「おんしゃる」

と一口言って、私をじろじろ見上げた。「おんしゃる」は、佐賀弁で「居る」という意味だ。学校に訪ねてみると、すでに放課後で子供はいなかった。

その部落は二、三十軒の農家が不規則にかたまっていた。道から逸《そ》れると、家の間に畑がある。その中の小さな畑でモンペをはいて鍬《くわ》を打っていたのが妻だった。妻は私を見てもしばらく口が利《き》けず、とぼけたような顔で、見つめた。そのうち顔を真赤にして涙を流した。

その百姓家はかなり大きかったが、ぼろぼろに古びていた。両親も走り出たが、私の知らない中年の男と女がいっしょに顔を出した。父は顔をくしゃくしゃにし、母親は袂《たもと》を顔に当てて嗚咽《おえつ》した。二人ともすっかり年をとっていた。

知らない男と女はすぐに顔を引っ込めたが、つづいて、これも見おぼえのない小さな男の子がぞろぞろと出て来た。この夫婦者や子供は、実は同居人だったと間もなく

知らされた。私は家族が一軒の家を借りているものと思っていたが、釜山から引き揚げた家主の親戚《しんせき》が住むところに困って同居人として入り込んだと分った。

母親は、その人たちに向い、私が戻って来たことを告げて、

「これで、もう安心ですわい」

と、しきりに言っていた。

母がこれで安心だと言った言葉で、私に一切の事情がのみこめたような気がした。妻の実家を頼ってきた両親が、この馴《な》れない生活にどんな日を送っていたか、百姓家ばかりの中で、鍬《くわ》一つ握ったことのない人間がどんなふうに扱われていたか、その一《ひと》言《こと》で何もかも分ったような気がした。

私が、これで安心じゃ、と母が言ったのを聞いたのはこれが初めてではなかった。ずっと前、私が二十歳前後のころ、母は父と喧嘩《けんか》し、出るの引くのと騒いでいたが、ちょうど、訪ねてきた伯母に、

「なあ、おせいやん、この子もどうやら手に職がついたようじゃけん、わしもこれで半安心よのう」

と言ったことがある。

母は働きものだったが、文字一つ読めず、勝気というよりも狷介《けんかい》で、妥協がなかっ

た。まだ母が露店の荷車をひいていたとき、祭りの場所で土地のテキ屋と喧嘩したことがあった。場所割のことで、そのテキ屋の親分が、婆《ばあ》さん、おまえはあっちに行けや、と命令したらしく、婆さんとは何んじゃ、と母は大声で喰ってかかり、その剣幕で相手を引っ込めさせたという。これは父からもよく聞かされた一口話だった。

私が出征した直後、両親は飯塚という炭鉱町にある母の妹の家を頼っていった。つまり、妻と子供は佐賀の実家に、両親は叔母夫婦の家にそれぞれ別れたのだった。ところが、母は妹夫婦のところに厄介になっているうち、忽《たちま》ち相手と喧嘩をはじめ、途中からそこを出て、佐賀の妻のもとに転げ込んだのだった。

その古い百姓家はかなり大きな家だったが、私の家族だけでも七人、障子で間を仕切った隣りには五人という家族がいた。こっちが七人では寝る場所もない有様だった。そのころ四つぐらいだった次男は、障子の穴から隣りの子供をのぞいていたが、言葉は生れついたような佐賀弁であった。

このあたりは水を湛《たた》えた濠《ほり》が縦横に走り、櫨の立木がならぶ美しい田園である。だが、私は兵隊から帰る怱々《そうそう》すぐに人間地獄の中に飛び込んだ思いだった。

汽車で小倉に行ったのは、家に落ちついてから三日目ぐらいだったろうか。こんな田舎にいると、自分の職業がはなれて行きそうな不安が起り、ろくろく休みもできなかった。

二年ぶりに新聞社に出てみると、外地から帰ったのは私が一ばん早いことが分った。職場には知らない若い女がふえていた。戦争中に雇い入れた女性で、男性社員がいなくなったあとの補充だった。

部長は私の挨拶《あいさつ》をうけて、

「よく帰って来ましたね」

と、長い頸《くび》を合点《がてん》するようにうなずかせた。だが、それだけだった。もともと、この部長に私は好感をもたれていないようだった。私のような図案を描いているような男は職場の中で一種の疎外者《そがいしゃ》であった。

三人いっしょだった係も、一人はまだ兵隊から帰らず、二つ年上のTという男が、

「これからは仕事もあらへんで。紙が無いよってにな」

と、半分はのんきそうに、半分は不安そうに言った。

実際、新聞はタブロイド判の一枚きりだった。広告といっては活字ばかりで、凸版らしいものはなかった。前から、東京、大阪の大広告で占めている新聞だったから、いまどき地方版の広告が入る余裕がなかった。あってもせいぜい案内広告くらいで、

私の仕事であるカットや書き文字の必要はなかった。

「今ごろ出て来てもしょむないさかい、もう少し休んでんか」

と、先輩のTは私に言った。

だが、正直のところ、私は佐賀の家に戻るより小倉で独りでのうのうとしていたかった。仕事がないだけに実際の休養にもなった。それに何よりも独りの自由が欲しかった。人間地獄ともいえる佐賀の百姓家に戻るのが憂鬱《ゆううつ》でならなかった。

だが、前に借りていた小倉の家は他人が入っていて、下宿先も間借先もなかった。社の寮は出征した家族が居ついたまま、これも塞《ふさ》がっている、三日ぐらいは友だちの家に寝たが、そこにいつまでも世話になるわけにはいかない。第一、食糧がなかった。唐《から》イモを煮て濃い汁にしたようなものを振舞ってもらうのが心苦しくてならなかった。

私には佐賀の農家から家族を早く救い出さねばならない義務があった。農家に同居の家主の親戚は自分たちだけの暮しになりたがっていた。息子さんが兵隊から帰ってこられて、これでわたしらも安心しました、と、その主婦は私の耳に聞えよがしに父に言ったりした。しかし、小倉で借りられる家はなかった。市中のどんな所でも人が家を占領していた。

しばらくすると、私は耳よりなことを印刷部の男から聞かされた。

「黒原にある兵器廠《へいきしょう》の職工住宅が、いま大ぶん空いている。あそこだったら貸してくれるかもしれないよ」

黒原というのは市内から足立山という山のほうに寄ったところで、不便この上ない土地だった。

兵器廠の職工のために建てた住宅だけに数は多かった。マッチ箱をならべたように二棟割《むねわり》の家が百戸くらいある。家の中をのぞくと、六畳、四畳半に三畳の規格で、小さな庭も付いていた。だが、東京からきた職工がひきあげたあと、どの家も荒れ果て、床板も天井板も剝《は》がされていた。冬の焚《た》きものにしたらしい。そのままではとうてい住めなかった。

しかし、中にはいくらかましな家もあって、少し修繕すればなんとかなりそうだった。住宅街の真ん中に風呂場《ふろば》と管理人の家とがあった。贅沢《ぜいたく》を言っていられないので、早速、管理人に会って頼むと、朝日新聞社の社員さんならよかろうと言った。世間の人は組織の大きさだけを見る。

住宅は、ひきつづき兵器廠の職工が残っているのと、その後の入居者とで三分の二は塞がっていた。管理人は傷痍《しょうい》軍人で片手がなかったが、早く申し込まれてよかったと言った。入居者が続々ふえているという。実際、言葉通りもう少し時期が延びたら、そこすら入れなかったに違いない。

佐賀に戻ってそのことを話すと、家の者はやっと安堵《あんど》した。田舎に住んでいて土地も畑も持たない町の人間ほど惨《みじ》めなことはない。妻は隣りの村に生れたのだが、それすら他所者《よそもの》として白眼視されていた。まるで村の寄食者のようであった。仕事も親の家や兄弟の田で手伝い、僅《わず》かに米や豆、イモといったものを貰《もら》ってきた。

さし当り蒲団《ふとん》だけを小倉に送って、私だけが先に新しい借家に暮すことにした。職工住宅に戻った。掃除をしようと思い、買物に出たが、町の市場には箒《ほうき》一つなかった。小倉の商店街は魚町というが、どの店を回っても箒を売ってなかった。

商品はまず食べものから出回り、それも眼の飛び出るような値段がついていた。その頃の私の給料は、インフレで三千円ぐらいになっていた。

秋の終りだった。蒲団の上にオーバーをかけて寝ていると、夜明けごろに寒さを覚えて眼を醒《さ》ました。戸締りをしたはずの濡《ぬ》れ縁のガラス戸が半分あいている。変だと思って蒲団の上を見ると、昨夜そこにかけていたオーバーが盗まれていた。独りだった私は、家財道具は何一つなかったが、このオーバーは兵隊に行く前に知り合いの洋服屋に頼みこんで作ってもらった、わりと質のいいものだった。泥棒は、そのオーバーを早速、米かイモに換えたに違いない。

町の者が衣類を農家に持ち込んで食糧と交換しているのを佐賀の田舎でもよく見かけた。百姓家ではこそこそと訪問者を裏に連れこみ、隠している米を渡していた。しかし、どんなに心安くとも、交換する品物のない私の一家には米をくれなかった。二度目に小倉から佐賀に帰ったときだった。川沿いの路を歩いて橋の袂《たもと》まで来たとき、十軒ばかり並んだ農家を見ると、どの家でも藁箒《わらぼうき》を編んでいる。竹柄《たけえ》の長い箒よりも手箒が多く、それが座敷の中に堆《うずたか》く積まれてあった。最初、この村を通ったとき、農家の軒にも藁が積んであった理由が初めて分った。

私は小倉に帰るとき、その一軒の家から手箒を二つ求めた。小倉の町に箒のなかったことを思い出し、もし、これを小倉の商人に売ったらと、ふと思った。

新聞社では私の仕事がなかった。

「君、手があいていれば、組付けでも手伝ってもらいますかね」

と、鼻の隆《たか》い部長は来て言った。

組付けの仕事というのは、扱店から送稿されてくるものを工場に回して組ませるまでの仕事だが、これも元来の担当者がいるので手伝う余地もなかった。それに、私はこの部長がそう好きでなかった。

まだ私が兵隊に行かないときだったが、この部長は自分の気に入りの者だけを連れてすし屋に酒を飲みに行っていた。

その頃すし屋はもう不自由な商売になっていたが、ばかばかしいほどの金を出す部長の注文には特別なニギリを出した。話に聞くと、トロを厚くのせたのや、アナゴ一本まるごとに巻きつけたのが出るらしかった。むろん、たいそうなヤミ値だった。このような「特権階級」には私などは縁故がなかった。一人の次長は部長に冷淡にされ、彼に反感を持っていた。部長に気に入られない連中は、その男について、部内は二つの派に分かれていた。しかし現職の部長の勢力は圧倒的だった。私は部長に好まれなかったが、反対の次長派に誘いをかけられるでもなかった。利用価値のない者はどっちからも相手にされない。

仕事がない上に、そんな部内事情などがあったりして、復員してから次第に私の気持は暗くなった。頭一つ使わずに馬のように労働していた兵隊がまだましなくらいに思った。新聞はいつ昔通りの型に戻るか、見通しさえつかなかった。毎日出勤しても仕事はなく、望みのない生活がつづいた。

ある日の昼休み、私は佐賀から持ち帰った手箒を持って市内の市場にある荒物屋の店頭に立った。その箒を見せて、こちらで売ってもらえるかと言った。店の主人は一目《ひとめ》見て値段を訊《き》いた。製造屋から直接買ったのだから、その値に二割ぐらい掛けて言うと、主人は二つ返事で、いくらでも送ってくれと言った。私は素性を明かさなかった。だが、その頃はどの店も品物さえ入れてくれれば、相手がどんな人間か問うところではなかった。

私にはインフレのなかの七人家族の生活が重くのしかかっていた。

# 焚火《たきび》と山の町

私は箒の商売をはじめた。

二十一年の夏には三男が生れたので、家族数は八人にふくれ上った。飢餓とインフレの昂進《こうしん》のさなかで新聞社の給料だけではとうてい足りなかった。質屋に持ってゆく物もなかった。米や薯《いも》と交換するのに農家がよろこぶような衣類もなかった。家族は、長い疎開《そかい》生活で売れそうなものはみんな売っていた。大体が、はじめから無かったのである。結婚以来、妻に買ってやったものは羽織一枚と帯くらいのもので、これは妻によく攻撃された。あとは子供たちの着るものに追われた。

箒の仲買いは恰好《かっこう》なアルバイトになった。利幅はうすかったが、数がまとまっているので飢餓を突破するだけの収入にはなった。金がないので、はじめ小口からはじめ、なるべく利潤には手をつけないようにして蓄《た》め、自己資金をつくった。

日曜日を利用して、小倉市内だけでなく、門司や八幡の小売店を訪ねた。どこも品不足だったから、注文は苦労せずに取れた。はじめに覚えていた卑屈も、次第にうすらいできた。八人の飢餓をしのぐためには仕方がない、何でもしようと思った。

次には荒物問屋を専門に回った。むろん、父の名前を使った。

「いくらでも送ってくれ」

と、どの店も依頼した。予想した通り、箒は出回っていなかった。

だが、小倉と門司程度だけでは満足できなくなった。いくら荷を送るといっても、狭い地域ではそれほどの消化能力はない。

そのころ、新聞社では買出し休暇というのを認めていて、一週間に二日ぐらいは休んでもいいことになっていた。この休暇が利用できた。

遅い夜汽車で小倉を発《た》つと広島に早朝に着くので、私は思いきって広島まで行ってみることにした。

広島は私に因縁の深い土地だ。父と母はここで一緒になった。しかし、私は一度も広島に行ったことがなかった。こんな機会は又とないと思った。だが、広島まで行って果して貧弱な藁箒を取ってくれるだろうか。とにかく儲《もう》けを考えずに今は汽車賃と旅費が出ればいいと思った。だから、向うに話をつけて思わしくなかったら、それで諦《あきら》めるつもりだった。

列車の中は、立ったまま夜通し身動きできなかった。通路には新聞を敷いて人がうずくまっている。便所にも行けない。通路に横たわっている人間までその下に敷いている泥だらけの新聞紙同様にボロギレのようになっていた。

しかし、夜中に聞く駅員の睡《ねむ》たげな連呼は、私に見ぬ故郷に向っているようなときめきを起させた。夜が明けたのは岩国近くに来てからで、広島駅に着いたのはそれから二時間もかかってからだった。

背中のリュックには見本の箒を突っ込み、握飯を入れていた。夜汽車で行き、夜汽車で帰ってくるつもりだった。旅費の都合もあったが、勤めがあるので、できるだけ時間を節約しなければならなかった。

まだ焼野原の状態だろうと想像していた広島の街は、すでに相当のバラックが建っていた。駅前には早朝からヤミ市が開かれていて、復員服姿の男たちがうろうろしていた。私も朝鮮から持ち帰った兵隊服と編上靴を穿《は》いていた。

駅の前で訊《き》くと、荒物の問屋は猿猴橋《えんこうばし》を渡って一丁ばかり行ったところにあるという。

猿猴橋は懐《なつか》しい名前だった。母の妹が行方《ゆくえ》知れずになったのはこの橋の上である。この叔母は、それから十五年ぐらい経《た》って、突然、炭坑夫の女房になって皆の前に現われたのだった。

「おちえ（妹の名）が、猿猴橋の上で見えんようになったけん、うちら夜っぴて捜したのう。とうとう、どこへ行ったか分らんようになったが、十五年も経ってひょっこり、うちらの前に会いにくるとは思わなんだのう」

と、母はよく言った。

その猿猴橋の上に佇《たたず》むと、川水は黒く濁っていた。それでも八丁堀のあたりまではすでにバラックの町つづきになっていた。教えられた通りに行くと、右側にかなり広い間口の雑貨問屋でTという店がある。中には菰包《こもづつ》みや箱がいっぱいにならべられてあった。二、三度その前を往復した挙句《あげく》、思いきってやっと内に入った。

主人は柔道でもやりそうな肥《ふと》った男だった。私がリュックの中から箒を取り出して見せると、彼は竹の柄を握って、二、三度表と裏とを打ち返して眺め、

「これえなものでも無いよりはましよのう」

と、ちょうど傍に来ていた同業らしい男に言いかけた。

「なんぼするんなら？」

と、彼は訊いた。その広島言葉も私には懐しかった。

「なんよのう、戦争前は岡山のほうから黍《きび》の箒が入って来よったが、それがまた出るまでは、まあ、これえなもんでも辛抱せにゃいけんかのう」

彼は、値切りもせずに、何梱《こり》でもいいから送ってくれと言った。心が軽くなってそこを出たが、わざわざ小倉から来たのに一軒だけの商売では物足りなかった。そこで、足を伸ばして八丁堀に向った。

その頃の八丁堀はまだ焼けたままだった。福屋というデパートの建物だけがぽつんと建って、あとは低いバラックが疎《まば》らに建っているだけだった。コンクリートの基礎や鉄筋の歪《ゆが》んだのが取り片付けられぬまま転がっていた。その福屋の近くにも荒物問屋が小屋を建てていたが、そこでも二、三梱送ってみてくれと言った。

夜汽車で帰るためにはまだ時間があった。その日、戦災の広島市内を見て回った。原爆の落ちた爆心地は形骸《けいがい》が残っている銀行のほか、僅《わず》かな建物が半壊であるだけで、この付近にはまだバラックもなかった。銀行の玄関前の石段は灼《や》けて黝《くろ》ずんでいた。比治山《ひじやま》に登ると広島の市街はきれいに焼けているが、丘の反対の宇品《うじな》方面は古い家がほとんど残っていた。そんな家が残っているだけに、広島市内の焼け跡には悲惨な実感があった。ぽつぽつ建っているバラックの木の新しさだけが眼をむいていた。

月に一度の広島行は、市内だけの用事では勿体《もったい》なくなってきた。私は夜汽車で寝るため半日を広島市内で送るのがひどく無駄のように思われ、帰りを何かに利用できないかと思案した。時刻表を調べてみると、山口県に入ったところに防府《ほうふ》という町がある。広島から三時間だった。この防府から小倉までが四時間ぐらいだった。もし、広島で午前中に用事を済ませると、昼ごろの汽車に乗れば三時に防府へ着くので、そこで一時間過ごせば次の汽車で小倉に帰ることができる。小倉に着くのは夜中だった。

私は知らない土地を見たかった。小倉から夜行で広島を往復するだけでは意味がないので、私はそのことを実行した。

防府は川のほとりに土蔵造りの旧《ふる》い家がならんでいる町だった。白壁が川面《かわも》にかげを落し、表通りの店は暗い奥に畳の上に櫺子《れんじ》で囲った帳場があり、大福帳が下がっていた。

私の「商売」は忙しくなった。注文を受けると、それに間に合わすだけの商品を生産地へ頼みに行かなければならない。広島から帰ると、今度はすぐに佐賀へ日帰りの汽車だった。

新聞の機能はまだまだ旧に復しなかった。ただ、夕刊だけが全く別個の新聞社名になって発行されたが、それも私の仕事を必要としなかった。やはり買出し休暇は認められていた。そういう休みでもなければ、私の勝手なアルバイトは不可能であった。

私はとうとう大阪まで足を伸ばした。

午後の六時ごろに汽車に乗ると、大阪には朝の七時ごろに着く。そして、天王寺の店に行き、京都を回って夜汽車に乗る。この汽車は翌朝五時に広島に着いた。――冬に向って寒くなってきた。広島の駅前に出ると、広場では焚火《たきび》を数カ所にわたって景気よく燃していた。手をかざすと「当り賃」を取られた。すいとん屋の屋台が出ていた。広場にはまだ未明なのに人が夥《おびただ》しく集っていた。夜が白々と明けるころには焚火は衰え、朝陽が射《さ》すころになると、人が散って、黒い灰が残った。暗い広島駅前に赤々と燃える焚火の色は寒い未明をかえって背中に凍らせた。

私はそんなに朝早く問屋に行くわけにはいかなかった。用事は、注文を受けると同時に前に送った品物の代金を集金するのだから、T商店の戸が開くまでは市内をうろうろしていなければならない。朝から金をもらうのが遠慮でならなかったのである。電車に乗って宇品に行ったり、比治山に登ったりして時間を消した。宇品の沖の似《にの》島《しま》に朝陽が染まるのを見るのがいつもであった。

私はまた大阪まででは満足できなくなった。というのは、朝着いても夕方でなければ大阪駅から発つことができない。時間待ちの市内の見物も次第に飽いてきた。そこで、今度はせっかく大阪まで来たのだから京都まで商いに行くことにした。

取引をはじめた店は三条大橋から大津行の電車道に沿った粟田口《あわたぐち》にあった。

「へえ、九州のオグラからどすか。しんどうおまっしゃろな」

番頭らしい人は少しおどろいた。

どういうわけか関西の人は小倉をコクラと言わずにオグラと濁って言う。京都のオグラヤマ（小倉山）のせいかもしれない。

品物さえあればいくらでも取ってくれるし、金は現金で支払ってくれる。だから商売の話は運がよければ一軒に二十分もいれば足りた。あとではそうもゆかなくなるのだが、まだその頃はやりやすかった。大阪、京都と回ってもまだ時間があまるくらいだった。京都見物も、見本の箒を突込んだリュックサックを背に歩いたが、もう見るところもなくなってしまった。

最後は大津であった。それを思い立ったのは、粟田口の店からぼんやり大津行の電車を眺めたときで、三十分もあれば大津に行けると思うと、もうそこを開拓する決心になった。その大津の店は、波止場の手前の町を東に入った狭い通りであった。

二十三年の一月、私は比叡山《ひえいざん》を八瀬《やせ》側からケーブルカーに乗って登った。オーバーの上にリュックサックを背負い、その中に短柄と長柄の箒《ほうき》の頭だけを突っ込んでいた。ケーブルカーの客は私ひとりだった。雪の頂上を越したのも私ひとりであった。

四明岳《しめいがだけ》の上から琵琶湖《びわこ》を俯瞰《ふかん》してしばらく雪の中に立ちつくした。寒くはなかった。

小学校のときから地理が好きだったが、そのころの教科書は写真がなく、ほとんど凸版の絵だった。私はその絵にどれだけ空想をかきたてられたかしれない。地理の教科書から旅の魅力を覚えたと言ってよかろう。田山花袋《かたい》の紀行文の本にはさすがに写真版が付いていた。子供のころから一生遠い旅ができるとは思わなかった私は、旅に憧《あこが》れを持ちつづけていた。そして、ここでは絵でも写真でもなく、本ものの琵琶湖を見たのである。根本中堂《こんぽんちゅうどう》まで来ても人ひとり遇《あ》わなかった。ようやく麓《ふもと》の日吉《ひえ》神社《じんじゃ》まで降りて初めて人間に遇った。

その晩、坂本の町で泊る場所を捜し回ったが、どの旅館も戸を閉めていた。客が泊っている様子も見えなかった。

私は、時間の余裕を利用して泉州堺まで足を伸ばしたりした。城址《じょうし》近くにある、佐野屋という荒物の小売を兼ねた小ぎれいな問屋だった。

土地には、それぞれ個性的な山があった。汽車が町に入ると、この山の姿が見えてくる。禿山《はげやま》の防府の町、沖に富士山みたいな島のある宇品の町、六甲山の迫る神戸、京都の北にもりあがる比叡山、比良《ひら》のみえる大津、こんもりとした森の城址をもつ岸和田の町。それから佐賀平野の遠くにかすんでいる背振《せふり》の連山。——遠い山もあり、近い山もある。その山のかたちから町の表情が泛《うか》んでくる。見覚えの山が汽車の窓からゆっくりと近づくと、その町の生活が心にひろがってくるのだった。

食糧の買出しは、主に佐賀の田舎に箒の製品を注文するときに果した。この箒の村は、神埼《かんざき》川の土堤に沿って十五、六軒ぐらいならんでいる。初めは農家の片手間に造っていたものだが、戦争がすむと俄《にわ》かに需要がふえ、どの家も箒を造るようになった。佐賀平野は聞えた米どころである。秋の収穫が終っても年内には脱穀が終らない。稲穂をつけたまま田圃に野積みされる。十一月の頃からこの辺を歩いて、切株の田の面《も》には野積みの群がいっぱいに見える。藁《わら》にはことを欠かないのだ。

箒の材料は、藁を木槌《きづち》で叩《たた》いて中の芯《しん》を抜き、水に晒《さら》して天日に乾かす。この地方ではそれをスボと言った。広島地方では藁シベという。スボを集めるために、箒造りの家では一家が全部出て近隣の農家を回る。箒が売れるにつれてスボが不足し、生産値段が騰《あが》った。各地で箒が売れると分って、新しい仲買いもふえてきた。私の扱う品も次第に利幅が狭くなってきた。

しかし、言い値通り出せば農家が品物を回してくれるかといえば、そうでもなかった。景気のいい生産地にも悩みはあった。箒の材料にする竹と針金の不足である。殊《こと》に針金は統制となってから新品が出回らなくなっていた。主に使われるのが二十二番という針金で、アルミメッキをしたものだ。

「針金さえ回してくんさったら、なんぼでも出すばんた」

と、どの生産者も言った。私は箒を出荷してもらいたさに、針金探しをしなければならなかった。

# 針金と竹

私が箒《ほうき》を頼む製造元は、その村で三軒あった。一軒は大量に製作していたが、主人は胸を患《わずら》って途中で寝込んだ。初めから顔色が悪く、唇だけが異常に赤い男だった。それでも、床に倒れるまでは近所の農家に頼んで品物を作らせ、荷を集めていた。あとの二軒は老人だった。ここは手広く生産しないで、自分の家族だけで作っていた。この三軒に限らず、箒を作る家はお互いに自家の製品を自慢し、よそのものを貶《けな》した。三軒に同時に頼んでいると、こっちが機嫌取りで言ったことが他の家に悪口となって聞えかねなかった。

生産地の注文がふえるとスボの値が騰り、こちらで受ける値段も騰ってゆく。なかには材料のスボを減らしたりするので、得意先で叱言《こごと》を食うことになった。その頃になると、かなり品物が出回ってきたため買手のほうが強くなって、支払いも延びるようになり、叱言も多くなった。

それでも、まだ、箒は売れた。問題は、注文品をどのようにして間に合わせるかである。

佐賀の製造人から針金を回してくれと言われても、新品は統制品だから第三者の手には負えなかった。針金は二十二番か三番という細いのが手頃だった。小倉には住友系の小倉製鋼という工場があって、そこでは亜鉛びきのピカピカした新品が生産されるのだが、横流しは利《き》かなかった。

そうしたとき、私は小田という男を知った。彼は小倉製鋼出入りの人夫だったが、工場から出される不合格品の針金の払い下げに成功していた。

不合格品といっても新品だが、機械で針金を巻き取る際に、ちょっとした狂いで針金が糸のように縺《もつ》れたものだ。こういうのは製鋼会社で外に出せないから、不合格品にして半値以下で小田に払い下げるわけである。しかし、半値以下といっても、その縺れた針金を解く手間賃と苦労を考えると、実際ほど安くはない。新品だけに、この縺れさえなかったらと思うのだが、勿論《もちろん》そういうものだから小田などの手に入るのである。

小田の家は、小倉から門司に行く途中、山が海に迫った延命寺というところにあった。電車がトンネルを過ぎると松林があって、前に彦島が見える。小田はその海岸に一軒立った小屋に妻と幼児と三人で住んでいた。小屋は、板壁の隙間《すきま》から風が入っていた。私は何度もその小田の小屋に行って、廃品の針金を譲ってくれるよう頼んだ。新聞社のある砂津からそこまでは電車で二十分くらいだから、昼休みの時間が利用できた。

小田は、滅茶滅茶《めちゃめちゃ》にもつれたその針金を苦労して巻き取っていたが、それには四、五人の人夫を頼んでいたようである。この針金を佐賀の箒の家に送ると、どこもひどく喜んでくれた。ヤレ（廃品）といっても縺れを解きさえすれば新品同様だから、ほかの仲買が持ってくる古針金とは雲泥《うんでい》の相違であった。このため、私の箒の出荷も円滑に行った。

しかし、小田もその針金を製鋼会社から払い下げを受けるには彼なりの苦労があったようである。彼は倉庫係に付け届けを持参したり、酒を運んだりしていたが、そのうち、だんだんむずかしくなってきたらしく品が会社から出なくなった。そのぶんだけ佐賀に針金が回せなくなったので私は困った。

小田は四十二、三だったが、猫背の顔に皺《しわ》の多い男だった。始終真黒に汚れているので、落ちくぼんだ眼はいつも光っていた。汚ない兵隊服と、ツギの当った外套《がいとう》を着込んで前こごみに歩く姿は貧相だった。しかし、その細君は小屋の中をいつもきちんと片付けていた。小田はその妻を可愛《かわい》がっていて、あんた、新聞社に出ていなさるから、家内のつくった短歌を見てやって下さい、と私に言っていた。

彼の妻は、仕事場になっているバラック内の広場の隅を畳敷四畳半くらいに仕切って、机を板壁に嵌《はま》ったガラス戸の下に置き、いつもその上に一輪挿しの花を載せていた。小田が二言目《ふたことめ》には家内が、家内が、と言うので、私があるとき彼の妻に歌を見せてくれと頼むと、彼女はお父ちゃんがそんなつまらないことを言ったのですか、とはずかしそうに笑った。彼女は東京生れであった。それでも大学ノートに書きつけた「歌稿」を見せた。その歌の文句は忘れてしまったが、貧乏ななかで毎日の生活を愉《たの》しむといった歌だったように思う。

小田が家内は東京生れです、と自慢していたように、彼女の言葉は、その古いモンペや綿入れの袖無《そでな》しといった姿には似ず、言葉も歯切れがよくきれいだった。小田よりは十ぐらい若かったと思う。彼女は束ね髪の、こざっぱりと清潔な素顔をしていた。いよいよ製鋼会社の工場から針金が出なくなってからは、小田もいろいろほかのことに手を出したようだが、どれも成功しなかったようである。ある日、彼は新聞社に私を訪ねてきて、

「いろいろお世話になりましたが、今度宮崎のほうに移ることになりました。椎葉《しいば》というところにダム工事がはじまったので、わしは家内や子供を連れてそこの飯場に行

くことに決めましたよ。こっちに居てもどうにもなりませんからな」

と別れを言った。

私もこの小田にはずいぶん世話になったわけで、そのとき、餞別《せんべつ》のつもりでいくらか渡したが、今これを書いていると、彼とその妻は何処《どこ》でどうしているのだろうかと気になるのである。椎葉ダムはとうの昔に完成しているから、小田もまたどこかに移って暮しているだろう。女の子ももう嫁に行っているに違いない。短歌を詠《よ》む小田の妻は相変らずこぎれいに片付けた家の中で孫を相手にしているかもしれない。

さて、私は小田の針金が得られなくなったので、いよいよほかからなんとか都合しなければならなくなった。どういうきっかけで知ったか、いま思い出そうとしてもはっきり出てこないが、芝山という人間と近づきになった。芝山は八幡《やわた》の少し西にある黒崎という所に住んでいて、そこで廃品の針金を更生する「工場」を持っていた。彼の触れ込みによると、軍需工場から二十二番の針金が払い下げになったので、それをあんたに分けてあげてもよろしいというのであった。

そこで、彼のあとについて黒崎まで行った。電車から降りて、山の手をかなりのぼった裏町だったが、前は鉄工所だったというおんぼろの建物を借りて、彼のいう「工場」にしていた。近所から集めたらしい女が五、六人くらい坐って、もつれた針金の束を解いていた。芝山は、その社長格で、彼だけはちゃんとした背広を着ていた。

その現物はまさに二十二番の針金に相違ないとしても、真黒になった古物で、小田が出していた亜鉛びきのピカピカとはくらべものにならなかった。

とにかく古針金でもぜひ譲ってほしいと言うと、前金でなければ渡さぬと芝山は言う。金額はおぼえていないが、とにかく二巻ほど乏しい元手から支払った。これを早速佐賀に送ったところ、前の針金ほどではないが、とにかく使えるといってきた。尤《もっと》も、ほかに針金が入らないのだから、生産地でもそれで我慢するほかはなかったようである。

芝山が、今度またいい品が入ったから見にこないかと言ってきた。いっしょに電車に乗って行く途中、彼は、

「なにしろ、軍が持っていたので古くはあるし、油がべとべとに固まっているので巻き取るのに苦労している。女たちにそれをやらせているが、能率が上らない。そこで、自分の知っている東京の高等工業を出た男が巻取機を発明した。いま、それに針金の束をかけて解く作業をやっているのだが、これが軌道に乗ると、いくらでも針金が更生できますよ」

と自慢した。

黒崎の彼の「工場」に行ってのぞくと、おどろいたことに木製の大きな「機械」が櫓《やぐら》のように天井いっぱいまで組み立てられていた。

芝山は私にその櫓を設計した東京高等工業出身の「技師長」というのを紹介したが、それは色の蒼《あお》い、三十前後の、ひ弱な男だった。彼はあまりものを言わず、組みあがったばかりの櫓のあちこちを調べて調子を見ていた。この櫓が針金の巻取機械であった。

「実に素晴しいものでしょう。これが動き出したら、原料は広島からいくらでも取れるし、どんどん生産できますよ。なにしろ、あの人は東京高等工業の出身ですから頭がいいですよ。とてもわれわれには及びもつきません」

芝山は、そう言って頼もしげに木製機械に這《は》いのぼっている男を見たが、私は、彼が設計して大工にでも作らせたらしいその櫓を眺めているうち、なんとも頼りなく思えてきた。この「機械」は鉄製品は少しも使ってなく、わずかにところどころに鉄製ボルトがねじ込まれてあるだけだった。

「動力はどうするのです?」

私が、ベルトもモーターも見えない「機械」を眺めてきくと、「それは人間ですよ。なに、男が二人ほどハンドルを回せば大丈夫です」

と、芝山は自信ありげに答えた。

ところが、その後一週間ばかりして行くと、例の機械はストップしたままだった。

「どうしたのですか？」

「どうもまだ調子が出ませんな。どこかに設計の狂いがあるようです。いま、技師長が盛んにその点を改良しています」

芝山は少し浮かぬ顔で言った。

東京高工出身の技師長の改良努力はいいとして、私の困るのは早く針金を出してもらいたいことだった。約束の通りだと、もう三日前には手に入っているはずだった。

「しようがないから、今また女たちを集めて人間の手で解いていますよ」

と、芝山は白状して、

「とにかく一つだけお渡しします」

と言った。金は前払いしてあるのですぐに一巻きを佐賀へ送ってもらうように頼んで帰った。

その後、私が京阪から広島を回って佐賀に直行すると、箒の製造人たちからさんざん不満を言われた。

「あげえな針金ば送ってくんさっても役に立たんばんた。てんで使いものにならんじゃん」

「どうしてですか」

「どうもこうもなかばんた。あの針金で箒ば締めると、すぐぼろぼろに切れてしまうんじゃんね。ねばりも何もあったもんじゃなかばんた。あいは一ぺん火事で焼けた品じゃろ。これば見てくんさい」

と、その針金を持ち出し、眼の前で指で曲げた。すると、曲げる途端に針金は鉛筆の芯《しん》のようにぼろぼろに折れた。

「こげなもんで、箒ばひねくれも何もできゃせんばんた。もっとよか針金ば世話してくんさい」

針金の金は払えないというのである。

それで私もはじめて思い当った。芝山は、その針金が広島の軍需工場から出たと言ったが、あれは原爆でやられた品に違いない。そして、焼けたところを誤魔化すために針金の束の上から黒い油を塗ったのであろう。箒の製造人は火事で焼けた品だろうといったが、原爆を受けていたのでは爛《ただ》れ朽ちていたのである。

早速、佐賀の帰りに芝山の工場に寄ると、木製の機械は廃屋の工場に偉容を誇ったまま静止していた。芝山がひとりいるだけで、「技師長」も「工員」も姿がなかった。

「いや、まことに済まんです」

と芝山は頭を掻《か》いた。

「すっかり騙《だま》されましてね。あの品が原爆に遭ったのはあんたの言う通りです。それでも、あの技師長が針金を機械で解いてさらに化学処理をすると前通りになると言うもんだから、わたしはそれを信用していたんです。こんな役にも立たない機械を作るだけでも、何度も大工に作り直させてはやったもんですから、それだけでもえらい費用ですよ。まったくインチキな奴《やつ》に遭いました」

と憮然《ぶぜん》としていた。

――次は竹の話である。

北九州には竹が少ない。竹の産地といえば、大分県か熊本、鹿児島県かである。大分県では豊後《ぶんご》高田市といって、宇佐駅から支線が岐《わか》れた終点がその集散地だった。そこに行くには小倉から汽車で約三時間ほどかかる。豊後高田市は国東《くにさき》半島が出っぱった北のほうの根元に当り、漁港でもある。この町に降りておどろいたのは、町の到るところに竹を積んだ問屋があることだった。これらの竹は国東半島の中央部から伐《き》り出されて高田でまとめられる。主に傘《かさ》の柄に使うということで、提灯《ちょうちん》の骨にもなるところから、戦前から主に岐阜地方に出荷されていた。傘の柄になるくらいの太さはちょうど箒の柄に手ごろなので私は喜んだ。

私が高田の町にせっせと通ったのは、竹を佐賀のほうに出荷させるためでもあったが、それ以外に一つの喜びがあった。豊後高田市の近くには見たいところが多い。高田から南にほぼ二〇キロほど行ったところには蕗《ふき》の大堂《おおどう》といって平安時代の遺構の富《ふ》貴寺《きじ》があった。その近くには摩《ま》崖仏《がいぶつ》群がある。また高田の町はずれには、やはり平安時代のもので仏像を陰刻した画像石があった。

この石仏や画像石のことは、以前、私は浜田耕作の「豊後の摩崖仏の研究」という論文集で読んだことがあり、一度は行ってみたいと思いながら、どうしてもその余裕がなかった。奈良、京都もそうだが、箒の仲買をアルバイトにしていると、旅費だけは浮いた。この愉《たの》しみが「商売」以外に私を小まめに走りまわらせた。

画像石は、崖《がけ》の斜面に一列に置かれてあるだけで雨ざらしになっている。水成岩だが、彫刻の細い線がかすかに分るくらいで、磨滅がひどかった。ここまでわざわざこんなものを見にくる者はないとみえて、農家の裏にほうり出されていた。

# 泥《でい》砂《さ》

富貴大堂を見に行ったのもそのときで、これは、高田からバスで約一時間ぐらい南のほうに行った蕗《ふき》というところにあった。その頃のバスはまだ木炭車だった。狭い、でこぼこの山路《やまみち》を喘《あえ》ぎながら登るのでひどく時間がかかった。小倉には夜までに帰ればいいから、気持はそれほど忙しくなかった。

富貴寺のことは、飛鳥園《あすかえん》発行「図説日本美術史」や、天沼俊一の「日本建築史」などを読み、一度はこの辺鄙《へんぴ》な山村に埋もれた平安時代の遺構を訪ねてみようと思っていた。富貴寺は明治に入って修復されたということだが、それまでは荒廃したまま雨ざらしとなり、田舎の子供の遊び場だったという。

バスの停留所で降りて、十軒ばかりしかない部落の横を通り寺に着いたが、むろん、人間ひとり歩いていなかった。寺は小高い丘の中腹にある。この石段のある坂路は、後年平泉の金色堂《こんじきどう》を訪ねて、両方の地形がよく似ていることを思い出した。

ただ、豊後の山中にあるこの阿弥陀堂《あみだどう》は世間から忘れられたようにぽつんと山林に残っていて、廃堂という感じであった。堂の扉には錠がかかっている。また石段を下まで降りて、バスの停る前の小さな雑貨屋で尋ねると、そこが管理人の家で、五十くらいの主婦が鍵《かぎ》を提《さ》げて一緒に引返してきてくれた。

照明も何もなく、外光で内部をうすぼんやりとのぞくだけである。内陣の須弥壇《しゆみだん》の背面に極楽浄土図が描かれてあるそうだが、朱色と胡粉《ごふん》の色が僅《わず》かに残っているだけで、どういう図柄か見分けようもなかった。同じように内陣、外陣の柱や欄間《らんま》にも剝《はく》落《らく》の跡がひどく、絵具のあとがまるで黴《かび》みたいに白くにじんでいる。それでも、欄間には笛や琵琶《びわ》を持った飛天像がいくつか残っていた。

横に立っていた主婦は、戦前に堂本印象《どうもといんしよう》が壁画の模写にきて家に滞在したときの話などした。こういう山中の史蹟《しせき》のなかに立っていると、私は現実の苦労が一時的にも忘れられた。

吉野に行ったのもその頃だった。橿原《かしはら》神宮から下市《しもいち》までは貨車に乗せられた。明りは貨車の扉を少し開けた隙間《すきま》からくる光りだけで、乗客は蓆《むしろ》の上に腰を下ろしたり立ったりして運ばれた。あれは京都で「商売」をしての帰りだったと思う。リュックサックの中には箒《ほうき》の見本と、宿に着いたときの用意に一食分の米とが入っていた。吉野川に沿ってゆく渓谷は新緑のなかで美しかった。

だが、こうして各地を歩いてもだんだんにむなしくなってきた。初めのうちこそ知らない土地を見、本などで読んでいた土地を実際に見る喜びはあったが、それも次第に心に満たぬものになってきた。要するに、そういうことに意味を感じなくなったのである。

それは、戦争前に、北九州各地の横穴古墳などを見て回っていたとき、ある友人が「そんなことをして一体なんになるのか」と私に言った言葉と一致していた。それは結局、私のむなしさを紛らわすだけのことであった。

そのうち箒の商売のほうも次第に駄目になった。商品が出回り、正規な問屋が昔の秩序を取り戻すと、も早、私などが入りこむ隙はなくなってきた。それと、金の面でも窮屈になったのである。以前は即金で支払ったものが先付《さきづけ》小切手になり、手形に変ったりした。それもぼつぼつ不渡《ふわたり》が出るようになっては、この仕事も廃《や》めるほかはなかった。

阪神地方に昔通りの黍箒《きびぼうき》が出回るようになってからはなおさらで、黍箒に対して貧弱な藁箒《わらぼうき》が太刀打ちできるわけはなかった。このままだと製造元のほうに迷惑をかけそうになる。昭和二十三年の春を限りにして私の商売も終焉《しゅうえん》を告げた。大津、京都、大阪、広島、三田尻《みたじり》と集金して帰ったが、これが終りだと思うと、これらの土地に愛惜が起きた。

この旅の間、私はほとんど食事もしないで歩き回ったことが多い。汽車と先方の時間に合わせるため、つい飯を食いはぐれてしまう。たとえば、集金に行っても、その店に買物客がくれば、先方はどうしてもそっちのほうにかかって、私はあと回しになる。買物客が次々に入れば、それだけ長く待たされるわけで、次に乗る予定の汽車に遅れることを考えるといらいらしてくる。そんなことは口に出せないし、ひとりであせりを我慢しなければならなかった。

二十三年ともなると食べものも豊富になったが、欲しいと思っても値段が高いとなると、そのぶんだけ儲《もう》けが減ることを考え、つい辛抱してしまう。長い、混み合った列車に揺られて夜遅く家に帰ったが、その翌朝は時間通りに出社しなければならなかった。

この「商売」の総決算はどうだっただろうか。結局、貯金としては何も残らず、かえって不渡手形の分だけ損になった。しかし、あのインフレの進行中、七人の家族を抱えて無事にすんだのは幸いだった。憧《あこが》れていた土地が見られたことは、その利益の中でも大きい。

「商売」を廃めざるをえなかった理由の一つには、食糧が豊富になったせいで新聞社でも買出し休暇を認めなくなったことがある。もとより、会社を勝手に休んでまでこんなアルバイトをしたのではないから、勤先には迷惑をかけなかった。だが、精神的にはやはり負い目を持っていた。月給を貰《もら》っているくせに、こんな「商売」をしたとは、たとえ大家族を養う必要からとはいえ、決して心は明るくはなかった。今でも、これは後めたい告白である。

私の生活は再び勤人だけのものになった。単調で退屈な生活に逆戻りしたのだ。――朝日新聞社についていえば、この間に重役の総退陣があった。重役も組合の意向で選ばれ、社長に長谷部《はせべ》忠氏が選任された。問題は部長クラスで、これも組合で選出するという話が行われていて、当時の部長はみんな暗い顔をしていた。が、それは実行されずに済んだ。

私の家は、佐賀から帰ったときに借りた元兵器廠《へいきしょう》職工住宅の跡で、そこから動くことができなかった。六畳、三畳、四畳半の家に親子八人が雑居し、しかも私の内職の場所もそこにあけておかなければならなかった。そのころ長女は中学一年で、末の男の子は二歳だった。老人二人と子供四人とで全く足の踏み場がなかった。

「箒の商売」を廃めてからの私のアルバイトは、もっぱら印刷屋の版下書きと、懸賞金目当てのポスター書きだった。半截《はんさい》くらいの画用紙を板に水貼《みずば》りして、畳の上に置き、剝《は》らばって絵具を塗ったり、エアブラッシを噴きかけたりした。

エアブラッシは、初めて朝日新聞に新聞広告の版下を書くようになったときに、社の係に勧められて博多から月賦《げっぷ》で買ったもので、機械は古くがたがたになっていた。それでも、骨を折ってポンプを押した。そういう作業が夜中の一時、二時までつづくことがあった。

また、印刷屋の仕事は時間が忙しく、自分のほうから印刷屋に出かけ、ペーパーの上に原図を書いたり、石版やジンク版に原版を書いたりした。家に戻ってくると、これも一時を過ぎる。そんなことでもしないかぎり、月給だけでは足りなかった。

また、頼まれると、商店街のショーウィンドーの飾りつけもした。手間賃は安かった。狭い部屋の中で陳列用の大きな板に色を塗る厄介さは想像以上で、色が乾く間、隙間の畳に転がっていると、いつの間にか睡《ねむ》ってしまい、寝返りを打った拍子にせっかく塗った絵が滅茶滅茶《めちゃめちゃ》になったこともある。

それに、書いたものが先方の気に入られるとよいのだが、たいていは文句がついてすぐに値引きとなった。そうなると、材料代だけがやっとであった。

しかし、こうした内職が毎日のようにあったわけではなかった。月に一週間もあればせいぜいだった。

新聞もほぼ元通りになり、朝刊だけの四頁《ページ》建てとなった。私の仕事もようやく戦前なみ近くに回復された。しかし、それで心に弾みが生れたわけではなかった。

新聞社の空気は一向に私を愉《たの》しませなかった。活発な動作で歩き回っているのは出世を約束された学校出の人たちだけだった。その人たちは、大阪からやってきては、二、三年くらい九州で腰かけの生活を送り、やがて大阪か東京に帰ってゆく。そのたびに一階級ずつ上っていった。部長も、彼らだけを特別な眼で見ていたと考えるのは、あながち自分だけの偏見ではなかったと思う。

私も四十近くなっていた。

内職のないとき、麻雀《マージャン》でもするほかに心のやり場がなかった。また将棋を指して自分を忘れようとした。

麻雀は、以前、印刷屋の徒弟として入ったとき、そこの主人が好きで覚えさせられたものだ。夜業が終って卓を囲むと、終るのが夜中の一時をすぎたりする。そのときに近所の仕出し屋からとるお仕着せの焼そばの一皿が、世にこんなうまいものはないと思われるくらいにおいしかった。汚ない仕事着のままであぐらをかいてすする中華そばの味は、なんともいいようがなかった。自分で金を出して焼そばが食える身分ではなかった。

ある貧乏な老婆《ろうば》が世をはかなんで自殺を思いたち、死場所を求めて歩く途中、最期《さいご》の思い出に一杯のぜんざいを食べた。老婆は、世の中にこんなおいしいものがあるのかと思い、死ぬのをやめたという話を聞いたことがあるが、私の経験から、それほど誇張された話とは思えない。

その印刷屋の徒弟以後、私は麻雀はやめていたが、新聞社の連中とは、社が退《ひ》けると、ほとんど毎晩のように牌《パイ》を握った。そうでもしなければ、真直《まっす》ぐ家に戻るのがやりきれなかった。その麻雀の相手は、いわゆる「有資格者」がほとんどで、私などはメンバーが足りないから仕方なしにその仲間に入れられたようなものだった。

麻雀を終って、とぼとぼと自分の家に戻ってくる頃には、冬だとオリオン星座が天頂近く昇っている。ああ、こんなことではいけない。なんとかしなければ、という焦燥《あせり》とも後悔とも虚無感ともつかぬものが胃の腑《ふ》に重く落ちこんでくるのだった。

将棋は広告部員で沖原という男が相棒だった。彼は東京本社の警備員だったが、軍曹で戦地から帰ってくると、九州に配置され、社員に昇格していた。戦後はもちろん朝日のなかには、社員、準社員、雇員といった階級はなくなり、社員と、庶務部関係の雇員だけになっていた。警備係は庶務部である。

この沖原が東京本社の警備係をしていたころ、右翼が印刷工場に暴れこんできて、編集局長鈴木文史郎を日本刀で斬《き》りつけたことがある。その暴漢をうしろから羽交締《はがいじ》めに抱き止めたのが彼で、それを自慢の一つ話にしていた。

沖原の近くに広告部長の家があった。また次長の家も近所だったが、この次長は部長のお気に入りで、計算係主任から、とんとん拍子に次長になったほどだった。沖原は、家が近いだけになんとかして部長の気に入られようとし、自分の妻を朝夕となく部長宅に行かせ、ほとんど女中同様に手伝いをさせていた。これがまた、すぐ近所の次長の家族を刺戟《しげき》しないはずはなかった。忽《たちま》ち次長は部長に言って彼を遠ざけさせてしまった。

運の悪いことに沖原はその次長の下で計算係をやっていた。沖原は持前の軍隊の要領で、部長に気に入りのその次長の下について何んとかして主流に入りたかったのであろう。それが逆転して、以後はことごとく次長に辛《つら》く当られ、遂《つい》に計算係からはずされて校正係に移された。それからは「男泣きに泣いたこともたびたびだ」というのが彼の告白だったが、しかし、誰が沖原を嗤《わら》うことができようか。僅か三十人に足りない広告部内でも、部長の側近派と、そうでない派とが分れていた。

みなは陰で沖原が分不相応な野心を起したからだと冷笑していたが、これも資格のない者がエリート派の中にもぐりこもうとするあがきの一つである。校正係に「落され」てからは、彼もすっかり「出世」を諦《あきら》めて気が楽になったらしく、前にはがむしゃらにしていた夜勤もしなくなった。

このような沖原を部員はなんとなく毛嫌いしていたが、私には彼の気持がよく分り、将棋などしていた。いや、ほかに気の紛れることのない私は、沖原以外に将棋の相手を見出《みいだ》すことができなかったといっていい。ある年の正月、沖原がたまたま日直だったので、誰ひとりいない社に出かけ、彼と朝から夜中まで十二時間くらいつづけさまに将棋を指したことがある。自分でも自暴自棄になっていた。

砂を嚙《か》むような気持とか、灰色の境遇だとか、使い馴《な》らされた形容詞はあるが、このような自分を、そんな言葉では言い表わせない。絶えずいらいらしながら、それでいて、この泥砂の中に好んで窒息したい絶望的な爽快《そうかい》さ、そんな身を虐《さいな》むような気持が、絶えず私にあった。

家の近くに廃止になった炭鉱があった。あまり高くはないがボタ山がある。私は一番上の女の子を連れて、夜、その山の頂上に立ち、星座の名前を教えた。山の端《は》から昇ってくるサソリ座は赤い眼を輝かせ、図で見るよりは意外に大きな姿で昇ってくる。天頂には三角形に白鳥座と鷲座《わしざ》とがある。私は子供に「あれがデネブだ」「あっちがアルタイルだ」と指さして教えたが、そんなことでもするより仕方がなく、私の心には星は一つも見えなかった。

内職もないときの日曜日は、どこに行くあてもなかった。家に居てもいらいらし、外に出ても空虚さは満たされなかった。人の集る街なかを歩いても、わけもなく腹立つだけだった。将棋や麻雀をしても、仕事をしていても、私の額からは冷たい汗が流れ、絶えずタオルが必要で、仲間に笑われた。神経衰弱になっていたのかもしれない。夜もあまり睡《ねむ》れなかった。

小倉から山を隔てて瀬戸内海に面した海岸は、北九州の裏側に当る。途中に石灰山があり、セメント会社の採石場があった。路は、山裾《やますそ》を回って半島の突端の門司《もじ》の裏側までつづいている。行くところのない私は、あてもなくバスに乗り、松ヶ枝というところで降りて、海岸を歩いた。人のいない海辺で、名前の知らない小さな島が一つだけ見えていた。

その浜辺に腰を下ろして沖を眺めたり、松林の間を歩き回ったりした。家族の多い家に帰るのがうんざりしていたし、外に出ても行き場がなかった。もし、私にもっと直接的な動機があったら、あるいはそのとき自殺を企てたかもしれない。だが、そういう強いきっかけさえ身辺にはなく、ただ苛立《いらだ》たしい怠惰の中に身をひたしていた。心はとげとげしいのに、身体《からだ》はけだるく、脳髄はだらけていた。

本を一冊読む気も起らなかった。読書もむなしいとしか思えなかった。箒の商売で夜行を利用し、京阪や広島、佐賀間を往復したのも遠い過去になっていた。

# 絵具

朝鮮戦争が起ってから、小倉ではアメリカ兵の移動が頻繁となった。外出が禁止され、兵隊の姿は街なかでは見られなかった。

ここに占領軍のキャンプが出来て以来、市の南側にパンパン宿が急激にふえた。そのまわりは輪タクが屯《たむ》ろしていた。アメリカ兵の移動は、必ず夜中の列車で行われ市民の目には分らなかった。ただ、噂《うわさ》として、昨夜大部隊が移動したらしいとか、補充の兵隊が到着したらしいとかいうだけだった。その多くはキャンプの要員として勤めている日本人労務者の口から伝えられた。

黒原の米軍補給廠《しょう》は、旧陸軍補給廠の建物をそのまま使ったもので、二万坪ぐらいのひろさがあった。周囲はアメリカ式の鉄条網が張りめぐらされ、四隅と中央には探《たん》照燈《しょうとう》が高い台の上から光っていた。

私の家は、この黒原のキャンプのすぐ横だった。前にも書いた通り、そこは兵器廠の職工住宅だったから、補給廠とは隣合せだった。風呂屋《ふろや》もあるし、八百屋や乾物屋、魚屋などもあった。

私が朝日新聞社に通う道は別なのでキャンプの傍は滅多に歩かなかったが、ときどきは通行した。補給廠の裏側は細い路《みち》が一本通じ、国道に突き当る。鉄条網越しに見る風景がまた進駐当時と少しも変らなかった。暗緑色のジープとトラックの群、コカコーラの空壜《あきびん》の山。その間を作業服でうろついている米兵。……それまで黒人兵はあまり見うけなかった。

二十五年の六月ごろになると、朝鮮の米軍戦線が不利になってきた。新聞には、米軍が大田《たいでん》飛行場を放棄し、戦線には歩兵部隊二個師団を投入したなどと報じてあった。北鮮軍の進出によって米軍は大田・釜山《ふざん》の線まで後退していた。

私は、米軍が弱いというよりも、これほど北鮮軍が強いとは考えていなかった。新聞社に行くと、早版のゲラの奪い合いであった。編集関係の動きは慌《あわただ》しかった。

米軍の師団長だったディーン少将が行方不明になったという記事が新聞に出たのもその頃である。ディーンの家は戸畑の安川という石炭成金の邸《やしき》だった。

青山学院出の福留という英語のうまい記者が占領軍方面の担当だったが、あるとき彼が階下《した》に降りてきて、どうもディーンは捕虜になって殺されたらしいよ、などと伝えた。

前に私が勤めていた小さな印刷屋の主人の兄は、印刷屋が潰《つぶ》れてからいろいろ職業を変えていたが、その頃は輪タク屋となっていた。それでかなり貯金ができたらしく、また、パンパン宿が儲《もう》かるのに惹《ひ》かれたのか、家を改造して、そこに若い女の子を三人ほど置いていた。彼は、前に大分県の田舎で指物大工をしていて、器用であった。彼の妻は小倉に来てから三年ぐらいして病死したので、そのあと水商売上がりの女を後妻に貰《もら》っていた。だから、彼の新しい商売にはうってつけだった。つまり、女房がパンパン宿を経営し、亭主が輪タク屋をやってGIを連れこむというわけである。ときどき私が遊びに行くと、彼の妻はけばけばしい恰好《かっこう》をした女の子たちに、ママさんと呼ばれていた。彼女が以前の職業にいたとき「おかあさん」と呼んでいた名のアメリカ流儀である。彼女はそのように呼ばれる立場になって満足だったようである。兵隊も女と馴染《なじ》みになると、ほとんど同じ人間が来ていた。が、戦争がはじまってから頻繁に客の顔ぶれが変った。それだけ米軍の移動は激しかったのである。はじめの頃、兵隊たちは戦争に行くと金になると言って休暇で帰ると喜んでいたが、米軍の戦局が悪くなると、朝鮮と言っただけで肩を竦《すく》め、憂鬱《ゆううつ》そうな顔をしていた。そんな兵隊も二度とそこに姿を見せなくなった。小さなパンパン宿での世界でも朝鮮での敗戦が実感として伝わった。

いつの間にか黒人兵がキャンプにふえてきた。たまに大型トラックを連ねて兵隊を積んで行くのを見ることがあるが、戦闘服を着た兵隊はことごとく黒人兵だった。

米兵による市民の事故もふえた。

新聞には決して載らないことだったが、城野のキャンプの外れで黒人兵が日本人一家を斬殺《ざんさつ》したことがある。夜明けに酔っ払ってキャンプ近くに帰ってきた黒人兵が、戸外で七輪の火を煽《あお》いでいる女性に挑みかかった。夏のことで主婦はシュミーズ一枚だった。叫びを聞いて家の中から亭主や男の子たちが出てきた。黒人兵は逆上した。持っていたジャックナイフで女房を殺し、亭主を殺し、男の子二人を斬殺した。たった一人、兄だか弟だかが逃げて助かったということである。

このようなことは口から口に伝えられるだけで、市民は半信半疑だった。だから特別にアメリカ兵を警戒するということもなかった。朝鮮戦争前には聞かれなかった事故である。黒人兵は最前線に投入される要員だった。城野キャンプから一部隊が出動して行けば、どこからか補充部隊が到着する。何日間かいて慌しく出ると、また代りが入ってくる。彼らのほとんどは、朝鮮の南端に追い詰められたアメリカ軍の前線に投入される運命にあった。黒人兵自身は死地に追いやられることがよく分っていたから、自暴自棄になっていたようである。

このような状態では、いつ何が起るか分らないはずなのに、米軍司令官も、MPの隊長も、小倉市長も、警察署長もまるきりのんきに構えていた。少くとも小倉の市民にはそう見えた。

この悠長《ゆうちょう》さに輪をかけたのが六月十二日からはじまる祇園祭《ぎおんまつり》であった。祇園祭は小倉の名物で、この祭の日が近づくと、町のほうぼうで太鼓が鳴る。太鼓を積んだ山車《だし》で練り歩くのが小倉祇園の行事だから、一名太鼓祭とも言っていた。この太鼓を打つのに町内の若い者が買って出ていいところを見せる。少年たちは、祭の五日くらい前から町内に置かれた太鼓を稽古《けいこ》半分に打つ。太鼓が鳴りはじめると、祇園祭が来たなと、例年、小倉の市民は思う。

黒原は市内からずっと離れているので、そういう太鼓の音を遠くで聞くだけであった。

六月十一日の晩、私は社を夜の八時ごろに出た。よくおぼえていないが、多分、将棋か何かをさして、遅くなったに違いない。

私は、社から自分の家までは鉄道線路を歩くのが直線コースなので、いつもそこを往復していたが、夜は危険なので電車で帰る。降りるところは三郎丸という停留所だが、そこから家までは一キロ半ぐらいあった。その道の横が米軍補給廠の裏側に当るわけだが、家も少く、九時ごろともなれば、夏でも戸を早く入れて灯が見えない。田圃《たんぼ》の向うには農家が点在していた。

私が通ったのは九時すぎだったと思うが、日ごろと少しも変ったところがなかった。途中は少し坂になって、そこを下ったあたりが盲唖《もうあ》学校になっている。その裏が補給廠の境だが、そのとき私は兵隊の影ひとり出遇《であ》わなかった。だから、家に帰って、その晩は睡《ねむ》った。翌《あく》る朝になって、なんとなく表が騒々しい。近所の人がほうぼうに不安そうな顔で立ってひそひそと話をしている。まわりには警官がうろうろしていた。

私は何も知らなかったのである。昨夜、すぐ近くのキャンプから黒人兵が集団脱走し、この住宅を初め近在の民家に押し入り暴行を働いたというのだ。近所の話では、四、五人ずつ武装した黒人兵が店に押し入り、その辺の酒をタダ飲みしたうえ、棚にあったウイスキーをごっそり持ち去ったという。ある家では亭主が銃の台尻《だいじり》で殴られ、ある家では主婦が強姦《ごうかん》されたといっていた。

住宅地のすぐ東側は足立山になっていて、その麓《ふもと》には農家や店や住宅地が点在している。黒人兵もキャンプのすぐ横では捕まると思ったか、かなり離れた民家へ押し入ったらしい。昨夜はピストルの射《う》ち合いがあり、照明弾が射ち上げられたりして、まるで市街戦だったと言っていた。偶然そこを通りかかった通勤者の話だが、MPが道の途中にいて、そこを通ってはならぬといったという。横を機関銃を据えつけたジープが何台も疾駆していたそうである。

あとで分ったことだが、黒人兵は浜松のほうから移動してきた一団で、黒原キャンプには二晩泊り、いよいよ明日は朝鮮に出動するという前夜だった。彼らは兵営の庭から、道路脇《わき》の溝に通じている大きな土管を匍《は》い出しては脱柵《だっさく》したのであった。土管は鉄条網の下になっている。

この土管は私もそこを通るたびに見ている。黒人兵に限らず、それまで兵隊は深夜たびたびそこを脱け出ては女の家に泊り、翌未明にまた土管をくぐって営内に戻る。夜歩いていると、そういう兵隊の影にたびたび出遇ったものだった。黒人兵の集団脱走はそれを利用したのである。どういうわけか、衛兵もその土管を警戒することはなかった。たぶんは衛兵もいつもの兵隊の脱走をなれ合いで大目にみていたのかもしれない。

脱走した黒人兵の人数はよく分っていないが、二百人くらいだったという。彼らはカービン銃を持ち、手榴弾《てりゅうだん》携行という完全武装だった。気の合った者どうしで組み、各地で暴行を働いたのだった。

急を聞いて市内からMPが駆けつけたが、相手が武装しているのでMPだけでは手のつけようがなかった。そこで鎮圧部隊が出動したわけだが、「戦闘」はすぐにやんだ。脱走兵も機関砲や機関銃に狙《ねら》われては手も足も出なかった。鎮圧部隊は照明弾を打ちあげながら、機関銃の射程内に置いた黒人兵をジープで追い詰め、彼らをキャンプに追い込んだのである。

しかし、足立山に逃げこんだ一隊もあった。数はそれほどではなかったらしいが、山麓《さんろく》地方の住民は不安に駆られた。捜索隊が山狩りをはじめ、麓の要所に立って、下山してくる脱走兵の逮捕を狙った。逃げた黒人兵も食糧を携行していないので、幾日も山中を彷徨《ほうこう》するわけにはゆかなかった。

日本の警察がこの事態を知ったのは事件の翌日の午後九時ごろであった。警察署長は全署員を招集し、市内から城野方面に至る全域にわたって交通を遮断した。新聞社はニュースカーで市民に危険を報《し》らせ、戸締りを厳重にするよう警告した。これだけが日本側の警察のとりうる最大の処置で、占領軍の鎮圧に参加することは許されなかった。

むろん、警察のニュースカーも占領軍の集団脱走とは放送できなかった。表現は曖《あい》昧《まい》だった。曖昧さはかえって市民の緊迫と不安を増大させた。ニュースカーはただ、戸締りをして下さい、外出しないで下さい、と呼びかけるだけだった。

事件が終って被害の情報が小倉署に届けられたが、それだけでも約八十件に達した。いずれも暴行、強盗、脅迫であった。表面に出ない婦女暴行の件数は不明となっている。

鎮圧のときの話だが、脱走兵を出した二十五師団のM代将は、この責任は自分にある、叛乱《はんらん》兵の説得には自分が当る、と言って自分でジープに乗って出たという。鎮圧部隊は約二個中隊で、機関銃を載せたジープのほかに、二〇ミリ口径の機関砲を積載した装甲自動車も出た。

だが、これだけの騒動にかかわらず、市民は新聞で何一つ報らされなかった。キャンプの司令官は、

「このたび占領軍兵士の一部が市民に迷惑をかけたのは遺憾にたえない。この事件で米軍に悪感情を抱くことなく、今後も友好関係をつづけたい」

という意味の陳謝とも声明ともつかないものを新聞に出しただけだった。それも北九州地区の新聞だけで、その他には一切掲載が許されなかった。

のちのことになるが、昭和二十九年に私が上京したとき、このことを東京の人に訊《き》くと、全然知っていなかった。占領軍命令で報道は北九州の一部だけにおさえられて

いたのだった。地元だけはさすがに頬かぶりができないため、やむなく前記のような漠然とした発表をしたにすぎない。この騒動のことが動機になって、私は占領時代、日本人が知らされなかった面に興味を抱くようになった。

自分の住んでいる土地にこのような変化がたまにあったとしても、それは当時の私自身になんらの関わりないことだった。往来の風景と同様である。これらに私の生活が影響をうけたわけでもなく、こちらから身を乗り出したわけでもない。

相変らず、なんともしようのない毎日がつづいた。私は依然として印刷屋の仕事を内職にし、時折り懸賞金目当てのポスターを描いた。

私はやはり兵隊靴をはいて線路を往復していた。この石ころの路は軍靴《ぐんか》でないともたないのである。私は前に普通の靴を一足持っていたが、替りを買うことができないので踵《かかと》はぼろぼろになるし、かたちは崩れてしまっていた。むろん、自分の足に合わせて買ったのだが、安ものだから、だんだん膨れてきて、とうとう歩くと足が抜けそうになった。それがうしろから見ていてよく分るとみえ、ある友人は、まるで神主さんのはいている木履《ぼくり》のようだと評した。

草の生えた線路みちの途中には、炭坑があり、鉄橋があり、長屋があり、豚小屋があった。それが、そのころの私の道であった。

# あとがき

私は、自分のことは滅多に小説に書いてはいない。いわゆる私小説というのは私の体質には合わないのである。そういう素材は仮構の世界につくりかえる。そのほうが、自分の言いたいことや感情が強調されるように思える。それが小説の本道だという気がする。独自な私小説を否定するつもりはないが、自分の道とは違うと思っている。それでも、私は私小説らしいものを二、三編くらいは書いている。が、結局は以上の考えを確認した結果になった。

しかし、自分がこれまで歩いてきたあとをふり返ってみたい気もないではない。私も五十の半ばを越してしまった。会社でいえば停年が来たあとだ。実際、社報などでみると、停年になった人たちが誌上で短い回顧を寄せている。私もそういうものを書いてみたい気が起る。小説ではなく、自分にむける挨拶《あいさつ》という意味でである。

これまでそうした自伝めいたものを書かないかとすすめられたことも二、三あった。しかし、どうも気のりがしなかった。まだ早いというのがその理由だったが、五十五歳をすぎると少し気持が変ってきた。そこに『文芸』から執筆をすすめられた。つい、筆をとったが、連載の終ったところで読み返してみて、やはり気に入らなかった。書くのではなかったと後悔した。自分の半生がいかに面白くなかったかが分った。変化がないのである。本にするため、連載のものに手を入れてみたが、結局、短くするだけの作業に終った。

連載中、編集部では私が小説家になったところまで書けといった。私は断った。理由は二つある。一つは、私が最初から文学志望ではなかったため、いわゆる文学修業の話が出来ないことである。もう一つは、私の人生は小説を書いて生活する以前の四十歳過ぎまであって、以後の十二、三年間は僅《わず》かな部分である。私には文壇的交遊も少いことであるから、どの作家と親しいとか、だれだれを知っているとかいうようなことが書けないので、読んでもらう人には面白くなさそうである。そして、あまりに現在に近く、なまなましいので、もし書くとしても、あと十年くらい先にしたい。それまで生きていられなかったら書かずじまいになろう。

しかし、本文のところで終ってしまっては、尻切《しりき》れトンボの感がなくもないので、現在の生活とのツナギの部分という意味で、その後のことを簡単につけ加えることにしたい。

——前にも言う通り、私は小説志望ではなかった。二十前後《はたち》のころ、多少そういう気持はあったが、これはその年ごろだと誰にもあることで、とるに足りない。それからは生活に追われて、それどころではなくなった。私は一家を支えてゆくことは大へんな仕事だと思い、その安定を目指して働いた。だが、本を読むことは好きであった。

昭和二十五年ごろだったか、『週刊朝日』で「百万人の小説」という名で一般から懸賞募集を行なった。一等が三十万円で、当時としては最も多額な賞金であった。文学とか小説とかいうことに下心のない私には無関係なことだったが、ある日、必要があって百科辞典を繰っていると、「西郷札」（さいごうさつ）という項目が目についた。何気なく読んでいると、その解説から一つの空想が浮んだ。私にはなんだかその空想が小説的のように思われた。つまり、小説になるように考えられた。

そのころも私は九州小倉の、朝日新聞西部本社の広告部員であった。広告の版下を書くのが毎日の仕事であった。本文に書いたような、箒《ほうき》売りの内職も終末を告げ、インフレのため一家八人の生活の維持に苦しんでいた。私は、もし三等でも入選（賞金十万円）したら、というはかない希望もあったが、一つはその生活の苦しさから逃避のために、思いついた空想から小説を書いてみることにした。締切まで二十日くらいしかなかった。

そのころ、私は万年筆を持っていなかったから、ペンシルと、紙の悪い手帖《てちょう》とを買い、家や、社で暇々に草稿を書きはじめた。そのため、私は手帖とペンシルを洋服のポケットにいつも入れて通勤していた。社では原稿用紙一、二枚ぶんがやっとで、五、六行くらいしか書けないときもあった。

私は、自分の小説の勝手が分らないので、同じ社にいる文学好きの若い同僚を外に誘い出しては、電灯会社の電柱置場に腰を下ろし、進行した文章を朗読して聞かせた。同僚ははじめは面白いといっていたが、私がたびたび外に連れ出すので遂《つい》に迷惑がった。しかし、私はそれに興味をおぼえて、現実の苦しさから逃げることができた。

ある日、社から帰るとき、私は大切なペンシルを途中でポケットから落した。そのころも、兵隊靴をはいて、近道である線路の上を往復していたのだが、気がついて引返して探したがどうしても分らなかった。線路は石ころが詰っているので、軸の細い、小さなペンシルは、それにまぎれて、容易に眼に入らなかった。私は、一時間くらい、通過の列車を警戒しながら、腰をかがめ、近視眼を石ころの上に匍《は》いまわらせた。そのうち、日が暮れたので諦《あきら》めた。翌朝、早く起きて再び探しに行ったが、やはり見当らなかった。ペンシルは二度と買えなかった。

あとは新聞社の3Bの鉛筆を使ったが、これは軟かすぎて手帖に書くのに適さない上、すぐ短くなるのでナイフを携帯しなければならなかった。原稿紙への清書は家でペンで書いた。勤めを終ってからだから、毎晩おそくまでかかった。

『西郷札』というこのはじめての小説は三等に入った。もう少し上位にしてもいいが、社内の者だというところから編集部でそうきめたということをあとから人に聞いた。三等だったが、特に『別冊週刊朝日』に発表してもらった。その期の直木賞候補になった。賞金の十万円は生活費のために当てられたが、どんなことに消えたか覚えてもいない。

初めての小説が直木賞候補になったことが私に野心を持たせた。そのころ、『三田文学』を編集しておられた木々高太郎氏に掲載誌を送ったところ、何か書くようにといってこられた。二度にわたって原稿を送ったが、どちらも掲載された。あとの『或《あ》る「小倉日記」伝』が芥川《あくたがわ》賞になった。

『或る「小倉日記」伝』の下書きを書いているときは夏だった。六畳、四畳半、三畳という元の兵器廠《へいきしょう》の工員住宅に住んでいたが、妻と子五人は隣の蚊帳《かや》の中にいっしょに寝ている。もう一つの隣では老父母が寝息を立てていた。私は渋団扇《しぶうちわ》で蚊を追いながら原稿を書く。ときどき、暗い台所で水をのんだ。

その前、『週刊朝日』に入選後、私は新聞社の企画部員の紹介で若松市の火野葦平《あしへい》さんのもとに時々行った。火野さんは東京と若松とを飛行機で往復していたが、火野さんの家に行くと、いつも北九州の文学好きの人たち、少し露骨にいうと取りまき連が詰めかけているので、火野さんとはろくに話も出来なかった。そして、その人たちは途中から入ってきた私を何となく白眼視している様子が見えたので（私の錯覚だろうが）、私は火野さんから遠去かった。しかし、火野さんは親切で、私の小説を出版社に紹介してくれたこともあった。

ずっとのちに火野さんと年末の文芸春秋の文士劇にいっしょに出たことがあるが、火野さんは私を見て、このごろ少し書きすぎるようじゃが、もう少し控えんと身体《からだ》に悪いぞ、と忠告してくれた。火野さんはそれから間もなく、寒い夜に仕事部屋で亡《な》くなられた。

そういうわけで、私は地元の『九州文学』よりも、妙な機縁から『三田文学』の同人になったのだが、それも永つづきはしなかった。木々さんが編集からおりられると、私も同人ではなくなった。所詮《しょせん》、どこでもよそ者にすぎなかった。

さて、芥川賞をもらって一年後に、私は東京本社転勤になった。『文芸春秋』には受賞後第一作として『戦国権謀』と『菊枕《きくまくら》』とを発表しただけであった。転勤は私の強《た》っての頼みを社が好意できいてくれたのである。

東京では半年ほどが単身赴任のかたちだった。本文に出てくる父の弟の家に下宿したが、私にとっての叔父は一年前に亡くなっていた。叔母は健在であった。私は急に四人の従妹《いとこ》を持った。

そのころ、昭和二十九年には東京にアパートがぼつぼつ建つ程度で、借家はきわめて少かった。私は社がひけると不動産屋を走りまわったが、家族が八人だというと、即座に断られた。九州から家族を半年間呼べなかったのはそういう事情からである。ようやくのことで、練馬区関町一丁目に四畳半三間の家を見つけた。

東京駅に家族を迎えに行ったが、母は弱っていて、跨線橋《こせんきょう》の階段の上り降りに何度も肩で息をしながら休まねばならなかった。腰も曲っていた。そのころから視力がうすくなっていた。

父は元気で、死んだ弟の家に遊びに行っては、みんなでよくしてくれると泪《なみだ》をためて喜んでいた。行けば生れ故郷の鳥取県矢戸の話ばかりしていた。また、本などで知った東京の各地に興味をもち、家の者に言うと心配するので、無断でひとりで出歩いていた。

父がどこまでも楽天家であった一方、母の悲観的な性格は死ぬまで癒《なお》らなかった。

「ウチは苦労性じゃけのう」と私の幼いときからいっていたが、たしかに損な性質なひとだった。関町の家に来て一年半後に死んだが、もう眼が見えなくなって、一歩も外に出られなかった。畳の上を手さぐりに匍《は》っている姿は、全く祖母と同じであった。それでも、煙管《きせる》とマッチだけは手ばなすことができなかった。死期が近づいたころは、脳もおかしくなっていて、煙管につけたマッチの火を、その燃える軸のまま、枕元の襖《ふすま》の破れた紙に移した。父が見つけて、「火事《くわじ》じゃ」と叫んだ。火を「くゎ」と発音するのは伯耆《ほうき》の訛《なまり》である。原稿を書いていた私が隣からとびこんで行ったときは襖の下から炎が一面に立ち上っていた。母は火の傍《そば》で平気で煙管をくわえていた。危いところで、襖一枚を焼いただけで済んだ。

死ぬ直前の母は、一晩中、いびきをかきつづけていた。これも祖母の死際《しにぎわ》とそっくりであった。「嫁は姑《しゅうと》に似るちゅうけんのう」と母は以前によく言っていたが、その通りだと私は思った。

父は、母から四年後に死んだ。八十九歳だった。母とはその死の間際まで仲が悪かったが、それでも母が死んでみると、寂しそうであった。脚が思うように利《き》かなくなっていたが、地下タビばきで近くを歩き回っていた。父が死んだのは浜田山の家に越してからだが、私の長女の嫁入りがもう少しのところで見られなかった。もっとも、息があったとしてもどこまで視力がきいていたかは分らない。死ぬ半年前からその瞳《ひとみ》は気味が悪いほどきれいな灰色になっていた。——

松本清張

この作品は昭和四十一年十月河出書房新社より刊行された。

# 半《はん》生《せい》の記《き》

新潮文庫　ま－1－12

昭和四十五年六月二十五日 発行
平成十六年五月十五日 三十二刷改版
令和五年九月十五日 四十四刷

著者 松《まつ》本《もと》清《せい》張《ちょう》

発行者 佐藤隆信

発行所 株式会社 新潮社

郵便番号 一六二―八七一一
東京都新宿区矢来町七一
電話 編集部(〇三)三二六六―五四四〇
読者係(〇三)三二六六―五一一一
https://www.shinchosha.co.jp

価格はカバーに表示してあります。

乱丁・落丁本は、ご面倒ですが小社読者係宛ご送付ください。送料小社負担にてお取替えいたします。

印刷・東洋印刷株式会社　製本・加藤製本株式会社



ISBN978-4-10-110912-1 C0195